Edo Popović

Der Aufstand der Ungenießbaren

Edo Popović

# Der Aufstand der Ungenießbaren

Roman

Aus dem Kroatischen von Alida Bremer

Luchterhand

Die Originalausgabe erschien 2011 unter dem Titel
*Lomljenje vjetra* bei OceanMore, Zagreb.

Die Arbeit der Übersetzerin am vorliegenden Text wurde vom Deutschen Übersetzerfonds gefördert.

Die Übersetzung des Gedichts von Antonio Machado auf S. 169 ist von Erna Brandenberger und stammt aus dem Band: *Spanische Lyrik des 20. Jahrhunderts*, Reclam Verlag, Ditzingen 2003.

Der Verlag dankt dem Ministerium für Kultur der Republik Kroatien für die Unterstützung der Übersetzung.

MIX
Papier aus verantwortungsvollen Quellen
FSC® C014496

Verlagsgruppe Random House FSC-DEU-0100
Das für dieses Buch verwendete FSC®-zertifizierte Papier
*Munken Premium Cream* liefert Arctic Paper Munkedals AB, Schweden.

1. Auflage

Satz: EDV-Fotosatz Huber/Verlagsservice G. Pfeifer, Germering
Druck und Bindung: GGP Media GmbH, Pößneck

ISBN 978-3-630-87357-2

Die hier beschriebenen Ereignisse haben keine Grundlage in tatsächlichen Vorkommnissen. Nichts Ähnliches ist geschehen, nichts Ähnliches geschieht gerade, noch wird es geschehen. Worte können nicht bis zu der wahren Bedeutung, für die sie stehen, durchdringen. Worte sind unwirklich. Und auch das, was durch sie zum Ausdruck gebracht wird.

This world, it will not end, it will not end;
It would look well in ashes, but it will not end.
– JACK SPICER

Tonnenweise, versteht ihr, ich werde tonnenweise von euch nehmen, was ihr mir grammweise verweigert habt.
– HENRI MICHAUX

And deliver us from freedom.
– HARLAN & MARLON, IM FILM *I LOVE YOU TO DEATH*

Wo gehen wir denn hin?
Immer nach Hause.
– NOVALIS

# Erstes Kapitel

Und dann gingen sie fort. Niemand weiß, bis wohin sie gekommen sind.

Sie heißen Fraktalfrau und Gärtner. Sie haben sich schon vor langer Zeit von ihren Namen, die im Geburtsregister stehen, verabschiedet, genauso wie sie sich auch vom sogenannten normalen Leben verabschiedet haben.

Auch Hämorrhoiden werden zur Normalität, wenn der Mensch sich daran gewöhnt. Auch Blutspucken. Oder Schlaflosigkeit.

Fraktalfrau und Gärtner sind Namen, für die man keine Gebühren bezahlen muss, niemand muss Formulare ausfüllen, Schlange stehen in der Stadtverwaltung oder bei der Polizei. Sie hinterlassen keine Spuren, denen ungebetene Gäste folgen könnten.

Eine Zeit lang waren sie hier. Dann sind sie fortgegangen.

# Zweites Kapitel

*Der Mann mit dem Pflaster über dem Mund – Namen und T-Shirts – Jäger in der Taiga, der König vom Orion – Die Ungenießbaren töten wieder – Kieselsteine im See – Menschen sind kein Wasser*

Ach, die Zukunft, die Zukunft, sie ist doch nur eine statistische Wahrscheinlichkeit, sagte Gärtner, während er die hintere Tür des Autos, das am Waldrand stehen geblieben war, öffnete.

Er zog einen Mann mit schwarzem Anzug, leuchtend weißem Hemd und gewienerten schwarzen Schuhen unsanft aus dem Auto. Die Hände des Mannes waren auf dem Rücken gefesselt, er hatte ein Pflaster über dem Mund, mit hervortretenden Augen starrte er Gärtner an, schüttelte den Kopf und grummelte etwas.

Ich verstehe dich nicht, sagte Gärtner, du hast da was auf dem Mund kleben. Obwohl, er zeigte mit seinem Kopf in Richtung Auto, sie sagt, dass man auch mit geschlossenem Mund und zugeschnürter Kehle sprechen kann. Weißt du, sie liest allerhand Bücher und erzählt alles Mögliche … Aber jetzt lass uns an die Arbeit gehen.

Sie gingen den Waldweg entlang. Es war spät am Nachmittag. Unter ihren Schuhen knirschte der Kies. Am klaren hellblauen Himmel über den Wipfeln der Eichen hingen blasse, verwischte Wolken. Der Wind rauschte in den Blättern. In einer Baumkrone zwitscherte eine Amsel ihr Liebeslied. Ein Vogel kreischte beunruhigt im Dickicht auf. Die Luft war schwer und klebrig. Sie blieben auf einer Lichtung stehen, die von den riesigen Blättern der Wasserklette gesäumt war.

Ein feines Plätzchen, um sich zu unterhalten, was denkst du?, fragte Gärtner.

Der Mann versuchte nicht einmal, etwas zu sagen. Auch die metallblau schimmernden Käfer auf der Wasserklette schwiegen, sie knabberten nur an den Blättern, ohne sich um die beiden zu kümmern.

Jetzt mal im Ernst, warum zieht ihr euch alle so an?, musterte Gärtner sein Gegenüber. Diese dunklen Anzüge, weiße Hemden aus vermutlich antibakteriellen Fasern ... Ich beobachte Typen wie dich in Cafés, ihr trinkt alle, aber wirklich alle koffeinfreien Kaffee und stilles Wasser, ihr raucht nicht ... Für mich seht ihr alle gleich aus ... Und überhaupt, wer bist du eigentlich, er riss ihm das Pflaster vom Mund.

Der Mann leckte sich über die Lippen und sah sich um.

Ich heiße Ivo Pavić, sagte er schließlich, aber das weißt du doch bestimmt.

Woher sollte ich wissen, wer du bist?, fragte Gärtner.

Ich glaube nicht, dass ihr mich völlig wahllos verschleppt habt.

Gärtner sah ihn gleichgültig an.

Ivo Pavić, sagte er. Bist du als Ivo Pavić geboren?

Ja, sagte der Mann verunsichert.

Du lügst, Gärtner drehte ihn grob um und nahm ihm die Handschellen ab. Zieh dich aus.

Pavić sah ihn stumm an. In den Falten um seinen Mund und in seinen Augen flackerte eine Mischung aus Wut, Hass und Ohnmacht. Dann stürzte er sich auf Gärtner, gebeugt und mit ausgestreckten Armen. Gärtner wich zur Seite und traf ihn mit seiner Faust hinter dem Ohr. Pavić schwankte, blieb aber auf den Beinen.

Du bist gut, sagte Gärtner, du trainierst bestimmt viel im Fitnessstudio. Pavić stand da und zögerte.

Was ist, fragte Gärtner, willst du dich mit mir schlagen oder dich endlich ausziehen?

Pavić begann sich auszuziehen.

Nackte Haut, nur weiße, leere Haut, sagte Gärtner und ging um ihn herum. Ich sehe nicht, dass da irgendwo Ivo Pavić oder etwas Ähnliches geschrieben steht. Wer bist du?

Ich verstehe nicht.

Spreche ich etwa mit geschlossenem Mund?

Was willst du von mir?

Wer bist du? Auf deinem Mantel steht Hugo. Bist du Hugo?

Nein.

Warum trägst du dann einen Mantel, auf dem der Name steht?

Pavić sagte nichts.

Weißt du nicht, dass Namen nur T-Shirts sind, dass du sie an- und ausziehen kannst, wie es dir beliebt.

Was willst du von mir?

Wer bist du, wenn wir jetzt mal den Namen auf dem Mantel vergessen?

Pavić seufzte.

Weiß ich nicht, sagte er.

Natürlich weißt du es nicht, sagte Gärtner zufrieden. Aber dafür weiß ich, wer du bist. Hör mal zu, wenn du all diese Dinge, an die du dich so klammerst, ablegst, bist du nichts. Vor deiner Geburt warst du nichts. Und genauso wie wir alle bist du nur geboren worden, um in das Nichts zurückzukehren.

Du willst mich doch wohl nicht umbringen?

Volltreffer, mach dir keine Sorgen.

Nicht seine Worte, sondern der Gesichtsausdruck von Gärtner verriet, was er vorhatte. Und Pavić sank auf die Knie.

Bitte nicht, er faltete seine Hände wie zum Gebet, ich habe dir nichts getan, ich habe niemandem etwas getan.

Oh doch, sagte Gärtner, deine Spezies lebt doch vom menschlichen Unglück. Aber sei doch nicht so, es ist mir wirklich unangenehm, dich so zu sehen. Du bist sicher nicht auf die Knie gegangen, während du bei Itex aufgestiegen bist. Oder etwa doch? Du sollst immer du selbst sein. Wenn es gut läuft für dich, und auch wenn nicht. So wie Fraktale, sie bleiben gleich, ganz unabhängig vom Maßstab. Sag mal, er wechselte abrupt das Thema, hast du je Weizen gesät?

Pavić schüttelte den Kopf.

Und hast du je ein Brot gebacken, einen Obstgarten gepflegt, Fische auf einem Kutter in Kisten sortiert oder Möbel in einen Bulli geladen?

Pavić schüttelte wieder den Kopf und sah Gärtner angespannt an.

Siehst du, sagte dieser, wie ich schon sagte, ist die statistische Wahrscheinlichkeit eine sehr interessante

Größe, denn sie besagt, dass du im Nu überall im ganzen Weltall landen kannst. Du kannst ein Jäger in der Taiga sein, ein König irgendwo auf dem Orion, ein Manager in irgendeiner pharmazeutischen Drecksfabrik, eine unendliche Zahl von Möglichkeiten steht vor dir, aber nur eine davon tritt mit sehr hoher Wahrscheinlichkeit ein – er zog die Pistole unter seiner Jacke hervor und entsicherte sie, Pavić begann zu zittern und zu schluchzen – nämlich dass du gleich zur Hölle fahren wirst. Sei's drum, er seufzte und drückte ab,

und am selben Morgen werden die Internetportale und Fernsehnachrichten Folgendes in die Augen, Ohren und Hirne der Bürger pflanzen:

DIE UNGENIESSBAREN TÖTEN WIEDER

Zagreb, 26. Mai 2015

Der berüchtigten terroristischen Vereinigung mit dem bizarren Namen »Die Ungenießbaren« fiel erneut ein Mensch zum Opfer. Gestern wurde in den Nachmittagsstunden der 35jährige Ivo Pavić ermordet, leitender Manager von Itex, einer führenden Firmengruppe auf dem Balkan, die zwanzig landwirtschaftliche Betriebe, Baufirmen, Einzelhandelsketten und Verlagshäuser der Region unter ihrem Dach vereint. Dank eines anonymen Telefonanrufs fanden die Bestattungskräfte heute Vormittag Pavićs Leiche auf einem Waldweg in der Nähe von Zagreb. Pavić war am Sonntag, den 24. Mai, entführt worden, man vermutet, dass er aus dem Teehaus »Hanshan« verschleppt wurde, das sich außerhalb der Mauer befindet und in dem zu nächtlicher Stunde häufig Zagreber Prominente auf der Suche nach unorthodoxen Vergnügungen anzutreffen sind. Es handelt sich um den achten Mord in der Zone, wie das Gebiet außerhalb der Mauer im Allgemeinen genannt wird, seitdem die Holding vor einem Jahr als Sparmaßnahme eine große Anzahl von Polizisten entlassen und die Überwachung dieses Gebietes aufgegeben hat. In sechs Fällen waren die Opfer Bürger, die innerhalb der Mauer lebten, ausnahmslos Angehörige höchster Wirtschaftskreise, die von den »Ungenießbaren« entführt wurden, während zwei Morde in den Bereich der klassischen Kapitalverbrechen fallen. Nach Angaben der Bestattungskräfte ist interessanterweise die Zahl der Morde außerhalb der Mauer gesunken, seitdem die Holding dieses Gebiet nicht mehr überwachen lässt.

Erinnern wir uns: »Die Ungenießbaren« halten schon seit länger als einem halben Jahr den Vorstandsvorsitzenden der Citybank, Damir Milinović, gefangen. Zu dieser Entführung haben sie sich im Oktober letzten Jahres bekannt, eine Videoaufnahme bestätigte es. Inzwischen hat der Aufsichtsrat der Citybank Milinović seiner Pflichten entbunden und einen neuen Vorstandsvorsitzenden eingesetzt. Die Suche nach Milinović wurde eingestellt, als aufgrund der veröffentlichten Videos unzweifelhaft festgestellt wurde, dass dieser sich außerhalb der Mauer befindet.

Damir Milinović galt als Mentor von Pavić. Während er noch der Itex-Geschäftsführung vorstand, zeigte Milinović offene Sympathien für den jungen Betriebswirt, so dass Pavić sehr schnell zum leitenden Manager aufstieg. Nachdem Milinović zur Citybank wechselte, war es nur eine Frage der Zeit, wann Pavić in das Büro des Vorstandsvorsitzenden wechseln würde. Doch den weiteren Aufstieg des jungen Fachmanns verhinderte ein gewaltsamer Tod.

Langsam ekelt es mich an, beschwerte sich Gärtner bei Fraktalfrau, die im Auto auf ihn wartete.

Du lügst, sagte sie, du genießt das doch.

Wie auch immer. Mich quält Folgendes: Wie kann man etwas besiegen, das kein Gesicht hat, das keine Niederlage kennt? Wir beseitigen einen, aber sofort rückt ein anderer, der genauso ist, auf seinen Platz. Sie sind hartnäckig wie eine Grippe. Als würde ich Steinchen in einen See werfen. Das Wasser schließt sich sofort über der Stelle, an der das Steinchen eingetaucht ist, und der See regt sich kein bisschen.

Sie sind nicht alle gleich, sagte sie und startete das Auto.

Wie bitte?

Stell dich nicht dumm, sie sind nicht alle gleich, es sind auch ein paar gute Menschen darunter.

Du machst Witze.

Überhaupt nicht. Du stehst doch auf Statistik, und danach besteht die Möglichkeit, dass ...

Hör auf, du gehst mir auf die Nerven. Es ist bekannt, dass jedes einzelne Wassermolekül ...

... die Eigenschaften einer Welle in sich trägt, ich weiß. Aber Menschen sind doch kein Wasser.

Das stimmt, aber diese Typen sind auch keine Menschen, er kam ihr ganz nahe und zeigte mit seinem Daumen hinter den Rücken, wo im Straßengraben zwischen riesigen Blättern und neben einem weißen Hemd und einem schwarzen Anzug der nackte Körper lag.

Wie traurig hängt ein Hemd,
das vom Körper verlassen wurde

schrieb der slowenische Dichter Tomaž Šalamun Mitte des 20. Jahrhunderts. Die metallblau schimmernden Käfer, die an den Blättern der Wasserklette knabberten, hatten nie von diesem Dichter gehört, auch von keinem anderen Dichter – sie hatten überhaupt kein Interesse an Poesie. Sie arbeiteten einfach weiter an ihren Blattstickereien, sie konzentrierten sich voll und ganz darauf, und man konnte nicht behaupten, dass sie das leere Hemd und den leblosen Körper dort unten am Boden bemerkt hätten.

Ich kann nicht glauben, dass du nie Gewissensbisse hast, sagte Fraktalfrau.

Gewissen?, schüttelte er sich, das, womit wir uns beschäftigen, lässt keine Zweifel zu, und am wenigsten ein Gewissen. Und warum sollte ich irgendetwas für diese Scheusale empfinden?

Zum Beispiel, weil es sich um menschliche Wesen handelt.

Schon wieder kommst du mir damit. Die Tatsache, dass sie aufrecht gehen und sprechen können, dass sie feste Materie und Flüssigkeit aufnehmen und ausscheiden, all das macht sie noch nicht zu Menschen. Was mich betrifft, sind das Nicht-Menschen, und ich weiß wirklich nicht, warum irgendjemand ihnen gegenüber Rücksicht und Gnade zeigen sollte. Außerdem, so fuhr er fort, hast du je darüber nachgedacht, dass solche Typen nur deshalb so viel besitzen, weil andere gar nichts haben? Und dass sie nicht so viel haben, weil sie fleißiger und fähiger als andere sind, sondern weil sie gieriger und rücksichtsloser sind?

Das ist doch ein alter Hut, sagte Fraktalfrau, aber muss man sie deswegen gleich töten?

Falsch gedacht, gerade deshalb muss man sie töten. Der Tod ist das Einzige, vor dem sie sich fürchten. Deshalb häufen sie ja das ganze Geld und all die anderen Dinge an.

Er holte eine Broschüre aus dem Fach unter dem Beifahrersitz hervor und blätterte mit einer Hand darin herum.

Mumonkan... Was ist denn das? Hundertprozentig irgend so eine pazifistische Scheiße. Du haust dir den Kopf damit voll und kommst mir dann mit Zukunft und solchem Quatsch. Ich verstehe wirklich nicht, was du bei uns willst?

Du hast ja keine Ahnung, sagte sie und gab Gas.

Sie fuhren auf die zweispurige Schnellstraße, die Zagreb mit dem Flughafen verbindet. Die Holding kümmerte sich neben den Autobahnen und den Straßen innerhalb der Mauer auch um eine kleine Anzahl von Straßen, die als strategisch wichtig galten, vor allem um die Straßen zum Flughafen, zu den Kraftwerken, zu den riesigen Warenlagern und den Wasserspeichern.

Das ist nichts Pazifistisches, setzte sie fort, gar nichts in der Richtung, aber ich kann dir jetzt wirklich nicht erklären, was das für ein Buch ist, das würde viel zu lange dauern, und ich zweifele daran, dass du auch nur ein Wort verstehen würdest.

Einmal hatte sie im Traum jemandem erklärt, dass er blind sei und dass es sich nicht lohnen würde, ihm die Schönheit zu beschreiben.

Wenn Dunkelheit oder Zeit die Schönheit verschlucken, worüber unterhaltet ihr euch dann, ihr, die ihr sehen könnt, hatte er spöttisch gefragt.

Über die Schönheit der Dunkelheit und der Zeit, hatte sie geantwortet.

Die eigentliche Frage lautet, sie blickte Gärtner an, was du bei uns machst? Mit dir ist die Sache vollständig außer Kontrolle geraten. Früher war alles …

Früher, später, unterbrach er sie, was heißt das schon? Gar nichts. Was habt ihr denn »früher« so Kluges getan? Handbücher für Außerirdische geschrieben. Auf der Straße gesessen. Gewaltlose direkte Aktion, pfui! Er verzog verächtlich sein Gesicht und winkte ab.

Aber wir haben nicht getötet, sagte sie.

Hätten die hören wollen, wovon wir reden, hätten wir nicht angefangen zu schießen, sagte er.

Du bist ein Idiot, sagte sie, und verlangsamte das Tempo.

Sie näherten sich einer hohen, grauen Mauer aus Stahlbeton, die mit Stacheldraht und Überwachungskameras verziert war. Sie bogen ab und fuhren in das Straßenlabyrinth der südlichen Vorstadt.

# Drittes Kapitel

*Ein Lager unter einem Feldahorn – Statisten – Eine Blume, die aus dem Stein wächst – Fische, die im Wasser ertrinken – Die Täler und Berge sind immer da – Die Schlange – Nikola Jokić – Im Berg bist du nie allein*

Am Rand der Bergwiese, die von zerklüfteten, spitzen und rauen Steinbrocken umrahmt wird, ist unter einem Felsahorn ein leichtes Biwak aufgeschlagen. Vor dem Zelt sitzt Ivan Vida im Schatten, der keine Abkühlung bringt – er sitzt dort im Yoga-Heldensitz und trinkt gerade aufgebrühten Tee aus frischem Bohnenkraut, aber er ist überhaupt kein Held, er war nie einer, diese Sitzposition wird nur so genannt, der Name stammt aus anderen Zeiten, aus Zeiten, als die Menschen sich vielleicht noch irgendwelcher Heldentaten rühmen konnten, woran allerdings zu zweifeln wäre. Held ist üblicherweise nur eine andere Bezeichnung für Massenmörder. In den Büschen hinter Vidas Rücken rascheln Eidechsen, von irgendwoher schreit eine Krähe, er trinkt die Flüssigkeit, die die Farbe von Benzin und den Duft einer Wiese hat.

Dieser Stein dort ähnelt einem Hund
der mit hängenden Ohren da liegt

und mich beobachtet.
Ganz bestimmt beobachtet mich jemand,
die Eidechse, eine Schlange, die Krähe,
ein Mensch, der vor langer Zeit auf den Berg gekommen ist,
und vergessen hat …

Er lacht auf.

Was treibt mich nur um, was für ein Mensch, hier gibt es keine Menschen mehr.

Es ist früher Nachmittag, Westwind ist aufgekommen, die Hitze beginnt schwächer zu werden. Nachdem er seinen Tee ausgetrunken hat, wirft er die Tasse ins Zelt, den Rucksack über seine Schulter und läuft in Richtung Nordwesten. Das trockene Gras in der Farbe des Wüstensandes knirscht unter seinen Sohlen. Er läuft und bleibt immer wieder stehen, um die Umgebung zu betrachten. Vor zehn Jahren ist er hier schon einmal vorbeigelaufen. In seiner Erinnerung findet er nur trübe Umrisse des Berges und des Himmels, grau, grün, blau, und das bösartige Pfeifen des Windes in den Gräsern. Und das Schwirren der Gewehrkugeln.

Er späht im Vorbeigehen in die verlassene Hirtenhütte am Rande des Hainbuchenwaldes. Er erkennt im Halbdunkel Stühle, einen Tisch und ein zerbrochenes Bett. Verkohlte Enden von Holzscheiten und Asche in der Feuerstätte in der Mitte des Raums. Es riecht nach Fäulnis und Rauch, leere Hundefutterkonserven und Jagdgewehrpatronen liegen zerstreut vor der Hütte. Seitdem er hierhergekommen ist, sind ihm viele Nistkästen aufgefallen, sie sind nummeriert. In einem Wäldchen ist er auf eine Futterstelle für Rehe gestoßen. Er sieht einen Haufen abgenagter Maiskolben und Hufspuren in einer ausgetrockneten Pfütze, neben der ein hölzerner Hochstand steht.

An dem einen Ende der Wiese, über die im Norden ein zerklüfteter Felsen ragt – er sieht aus wie eine Kathedrale, denkt er –, sieht er morsche Kisten, in denen einst Minenwerfermunition gelagert wurde. Eine Tafel am Straßenrand warnt vor der Gefahr, die von zurückgebliebenen Granaten ausgeht.

NICHT BERÜHREN – BITTE 112 ODER 92 ANRUFEN
DO NOT TOUCH – CALL 112 OR 92

Als er die Straße weiter entlangläuft, stößt er auf eine Panzersperre, die in Richtung Tulove Grede, den hohen Klippen im Nordwesten, gerichtet ist. Dort, wo im Krieg die kroatischen und serbischen Soldaten all das getan haben, wofür der Steuerzahler das Militär schließlich bezahlt: töten, foltern, massakrieren, vertreiben, brandschatzen, zerstören. Als Vida noch ein Junge war, drehte man hier Westernfilme. Die Statisten rannten und kletterten herum und schossen mit Platzpatronen aufeinander. Als er dann erwachsen war, kletterte er auch auf den Felsen, aber er schoss mit scharfer Munition. Am Ende reduziert sich alles auf Statisten, die man hin und her jagt und zwingt, allerlei Verrücktheiten und Übeltaten zu verüben. Unter der Sperre blüht ein Büschel weißen Heidekrauts. Er pflückt eine Handvoll davon und stopft es in seinen Rucksack. Zwei am Straßenrand eingerammte Blechtafeln des Zentrums für die Entfernung von Minen mit aufgemaltem Totenkopf warnen

NICHT NÄHER KOMMEN
EXTREME MINENGEFAHR

Ohne sich um die Warntafel zu kümmern, selbst die Warntafeln lügen heutzutage, was sind das bloß für Zeiten!, läuft er weiter. Alle hatten damals in ihrer Angst Minen um ihre Schützengräben und Bunker gelegt, aber niemand war so dumm gewesen, sie auf einer Straße hinter der Frontlinie auszusäen. Die Straßen brauchte man, um zu fliehen oder Nahrung und Munition anzuschleppen und aufzufüllen. Und von dieser Stelle bis zu den serbischen Bunkern war es noch eine gute halbe Stunde Weges.

In einer Stunde wird es dunkel, dann müsst ihr Rast machen, bellte das Motorolla.

Robert hält das nicht aus …

Ihr müsst Schritt mit dem Norden halten …

Er blutet stark, er kann nicht mehr …

Lasst ihn zurück und meldet eure Position, wir schicken die Sanitäter.

Schon in Ordnung, Jungs, geht nur weiter …

Er geht bis auf den Kamm des Berges, von wo aus er das Meer und die Inseln sehen kann. Er betrachtet die Umgebung und versucht sich zu erinnern, ob sie Robert damals hier zurückgelassen haben. Sie waren müde gewesen, sie hatten in der Morgendämmerung ihren Angriff begonnen, sie standen unter ständigem Gewehr- und Minenwerferfeuer, Vida schüttelt sich bei dem Gedanken an jenen Tag.

Während er wie angenagelt dalag und während um ihn herum alles schwirrte, hatte er in einem Spalt in einer Steinplatte eine Blume entdeckt. Fünf winzige, violette Blütenblätter direkt vor seiner Nase. Die Blume zitterte, aber nicht vor Angst, die menschlichen Geschäfte und die Situation, in der sich Vida befand, interessierten sie nicht. Die Blume zitterte im Wind, und Vida zitterte vor Angst.

Er spürt plötzlich eine Schwäche, dieselbe Schwäche mit kalter Gänsehaut und Zittern, die ihn damals erwischt hatte, als die Sanitäter sagten, dass sie Robert tot aufgefunden hatten. Er setzt sich neben die Straße und blickt auf die spitzen Türme der Tulove Grede. Die Rufe der Soldaten, die Schüsse, das Schreien und die Explosionen sind längst verhallt, nur der Wind pfeift auch weiterhin durch die Felsspitzen und weht durch die Gräser.

Viele Menschen sind umgekommen oder wurden zu Invaliden – nur wegen dieses kleinen Dreiecks, das auf der Militärkarte seine eigene Nummer hat. Sie hatten es abgeben müssen, hatten es zurückerobert wieder aufgeben müssen, auf in den Kampf, für das eigene Volk! Alles an einem Tag. Wenn sie die Felsen erobert hatten, wussten sie nicht, was sie mit ihnen tun sollten, sie brauchten sie nicht; und wenn der Feind sie zurückschlug, fehlten sie ihnen nicht. Aber trotzdem stürmten sie wieder vorwärts, fielen und starben am Fuß der Felsen. Die Lebenden versuchten, die Toten und Verwundeten herauszubekommen, und wurden auch selbst verwundet oder getötet. Niemand fragte danach, warum sie das tun. Und wofür überhaupt irgendjemand diese Steinklumpen brauchte. Sie waren wie Fische, die im Wasser ertrinken.

Robert, Robert, Robert, sagt er laut und denkt, dass der Körper zu einem Wort wurde. Nur ein Geräusch blieb von ihm zurück. Und irgendwann verklingt auch dieses Geräusch und verschwindet. Zum Glück gibt es Felsen, Täler und Bergketten, die noch immer da sind.

Er geht zurück. Der Wind hat seine Richtung geändert, ein leichter Nordwind weht. Er läuft, ohne stehen zu bleiben. Erst an der Lichtung, die durch einen nackten Bergkamm von der Wiese getrennt ist, auf der er sein Lager aufgeschlagen hat, hält er inne, und eine Zeit lang blickt er nur auf den riesigen Felsen, der im Schein der untergehenden Sonne glüht. Der Felsen sieht wie der Kopf eines Nashorns mit zwei Nasenhöckern aus. Darüber geht gerade ein blasser Mond auf.

Auf einer Abkürzung durch den Hainbuchenwald klettert er bis zum Fuß des Felsens, der von tiefen Rillen durchfurcht ist. Er läuft bergab zum Rand, hinter dem er einen Steinbrunnen vermutet, auf der Suche nach einem festen Tritt stellt er sich neben einen verkümmerten Dornenbusch. Aus einem Augenwinkel sieht er etwas Grau-Schwarzes, das aus dem Busch nach oben schießt und ihn unter dem Knie trifft. Er taumelt einen Schritt zurück und tritt in eine Rille, er beginnt, auf den Rücken zu fallen, er kann seinen Fuß nicht frei bekommen, und bevor er endgültig fällt, verspürt er einen schrecklichen Schmerz. Dann verliert er das Bewusstsein.

In der Dämmerung kam er wieder zu sich. Er lag im Gras neben der Straße, mit seinem Rucksack unter dem Kopf. Neben ihm hockte – angelehnt an den Stil einer Axt – ein Mann. Kräftige Fäuste, lange Finger, misstrauische Augen, die ihn musterten. Eine Zeit lang sahen sie sich schweigend an.

Wer bist du?, fragte endlich der Mann.

Ich glaube, dass mich eine Schlange gebissen hat, sagte Vida.

Es sah nicht so aus, als hätte die Antwort den Mann zufrieden gestellt. Er verzog das Gesicht, nickte trotzdem mit dem Kopf und sagte:

Eine Hornviper, aber sie hat nicht viel Gift gespritzt, und auch deine Hose hat dich gerettet.

Mit den Fingerkuppen berührte Vida seinen Unterschenkel.

Ich musste dein Hosenbein aufschneiden, sagte der Mann. Du hast dir den Fuß verstaucht, fügte er hinzu, als wollte er sich rechtfertigen.

Ich dachte, ich hätte ihn mir gebrochen, sagte Vida.

Der Mann sagte nichts. Er hockte dort und beobachtete ihn ruhig.

Nikola Jokić, endlich reichte er ihm die Hand.

Ivan Vida. Ich habe geglaubt, dass ich ganz allein im Berg bin.

Im Berg bist du nie allein, sagte Jokić.

Vida dachte nach.

Du hast Recht, sagte er. Was treibt dich denn her?

Ich bin eben da, sagte Jokić.

Ich meinte, wie hast du mich gefunden?

Jokić zuckte schweigend mit den Schultern. Dann verfiel auch Vida in Schweigen. Er dachte über den Mann nach, der ihm zu Hilfe gekommen war. Wer ist er, ein Hirte? Wäre er ein Hirte, dann würde er Schafe, Ziegen, einen Hund haben, etwas in der Art, das wäre mir doch nicht entgangen, ich bin ja nicht blind und taub. Was auch immer er ist, sein Nachname stammt aus dieser Gegend, und sehr wahrscheinlich war er im Krieg, und zwar auf der anderen Seite. Deshalb Vorsicht!

Es ist kein Geheimnis, dass die Menschen aus dieser Gegend verroht sind. Die Bukovica, das einstige Dreiländereck zwischen dem Osmanischen Reich, der österreichisch-ungarischen Monarchie und der venezianischen Republik, unfruchtbar, eine vertrocknete, felsige Hochebene, die den Menschen nie ein bequemes Leben geboten hat. Das, was das Land nicht hergab, raubten sie sich von anderen zusammen, häufig von den nächstgelegenen Nachbarn.

Die Straßenräuberei der Hajduken war hier Normalität, hatte ein Mitkämpfer, der in der Bukovica geboren war, Vida einmal erklärt. Am Abend hast du deine Herde noch, und morgens dann nicht mehr. So lief das hier.

Dieses Brauchtum hat sich bis zum Ende des zwanzigsten Jahrhunderts gehalten. Am Abend hast du noch ein Haus und eine Familie, am Morgen nicht mehr. So läuft das hier.

Zur selben Zeit fragte sich Jokić, was Vida in den Berg geführt hatte. Er beobachtete ihn, seitdem dieser vor einigen Tagen plötzlich aufgekreuzt war. Anfangs hatte er gedacht, dass er einer von denen sei, die die italienischen Wilddiebe hierherbringen. Aber die kommen in Jeeps, und er war zu Fuß gekommen, mit einem Rucksack. Er war auch kein Bergsteiger, hier gibt es keine Wanderwege und Hütten, hier gibt es viele Minenfelder, so dass nur selten Bergwanderer kommen, und auch wenn sie kommen, bewegen sie sich immer in Gruppen und halten sich nur auf den Straßen auf. Jokić mochte weder Jäger noch Bergsteiger. Sie bringen nur Unruhe. Sie machen Lärm, ballern herum und lassen ihren Müll zurück.

Ich habe Durst, hörte er Vida sagen.

Er sah ihn an. Was für ein merkwürdiger Typ. Den ganzen lieben Tag lang irrt er müßig herum. Am meisten überraschte Jokić, dass Vida wusste, dass es hier Wasser gibt und dass er sogar wusste, wo man danach suchen musste. Unsere Steinbrunnen sind nicht einmal in den Spezialkarten der Militärs eingezeichnet, und er hat sie trotzdem gefunden. Aber er stammt nicht aus dieser Gegend, solche Nachnamen kommen hier nicht vor, und er spricht auch nicht wie wir.

Ich werde dich in mein Haus bringen, sagte er, und dann sehen wir, was wir tun können.

Ich kann auch zu meinem Zelt.

Mein Haus ist näher.

Zum Teufel, dachte Vida, er weiß, wo mein Zelt ist, und ich habe nichts von ihm bemerkt. Er richtete sich auf, achtete darauf, dass er nicht seinen verstauchten Fuß belastete, und warf sich den Rucksack über.

Ich kann schon alleine, sagte er peinlich berührt, als Jokić sich herabbeugte, um ihn auf den Rücken zu nehmen.

Nur wenn du kriechen willst, sagte der.

Er packte Vida auf seinen Rücken, richtete sich auf, wobei er sich auf den Stil der Axt stützte, und mit überraschend leichten Schritten machte er sich auf den Weg.

# Viertes Kapitel

*Ein Traum – Pension »Zu den drei Raben« – Die Unendlichkeit liegt gleich um die Ecke – Läuft die Hummel auf Josip herum oder Josip auf der Hummel? – Teehaus Hanshan – Der Vertrag mit der Witwe – Mord durch Verdursten*

Heute Nacht träumte ich, dass ich ein grauhaariger alter Mann bin. Ich lebte im Haus meines Großvaters auf dem Dorf. Ich kenne meinen Großvater nicht, und ich war auch nie in dem Dorf, in dem er gelebt hatte, aber im Traum wusste ich, dass es sein Haus war. Es war am Morgen, ich wusch mich an dem Brunnen hinter dem Haus im Schatten eines alten Walnussbaums. Plötzlich hörte ich, wie im Hof ein Auto hielt. Dann hörte ich Stimmen. Ich zog mein Hemd an und ging um die Ecke. Meine Hunde, zwei Mischlinge, die im Hof angekettet waren, knurrten, bellten und rissen an den Ketten. Ich sah drei Männer im Hof. Sie hielten Netze in den Händen. Der Anhänger ihres Kleintransporters war vollgepackt mit Drahtkäfigen.

Wer seid ihr, hätte ich sie gefragt, hätte ich sprechen können, wären meine Lippen nicht zusammengewachsen gewesen.

Wir kommen zur Kontrolle, sagte einer von ihnen und begann zu kichern.

Ich mag keine Menschen, die kichern, was wollen die hier, warum trampeln sie auf dem Rasen in meinem Hof herum?

Zur Kontrolle, wiederholte der Typ, wobei er mit den Augen zwinkerte.

Wir sind auf der Suche nach komischen Vögeln, sagte ein anderer.

Was für Idioten, dachte ich und deutete auf das Haus. Ich gab ihnen zu verstehen, dass sie hineingehen, die Netze aber zurücklassen sollten.

Das können wir nicht, sagte einer von ihnen und hob die Hand.

Aus seinen Fingern sprossen die Fäden eines Netzes. Die Hunde knurrten wütend und fletschten die Zähne. Sie wollten mich warnen, aber ich hörte nicht auf sie. Hätte ich es doch getan. Sobald sie in die Diele getreten waren, in den langen Flur mit dem quietschenden Holzboden, warfen sie ihre Netze über mich – in diesem Moment wurde ich wach, in meinem Zimmer in der Pension, und sie blieben im Haus meines Großvaters, und ich kann sie nicht mehr hinausjagen, ich kann gar nichts mehr gegen sie unternehmen. Hätte ich doch zumindest die Hunde losgemacht, einen Stock genommen und sie vertrieben.

Das erinnert mich an die alte Geschichte von Zhuang Zi, der einst träumte, er sei ein Schmetterling, der nichts von Zhuang Zi weiß. Dann wachte er plötzlich als Zhuang Zi auf, aber jetzt wusste er nicht mehr, ob er Zhuang Zi sei, der geträumt hatte, ein Schmetterling zu sein, oder ein Schmetterling, der gerade träumt, Zhuang Zi zu sein.

Ich will damit sagen, dass ich gerne der Traum des grauhaarigen Mannes wäre. Und dass ich nur träume, dass ich im Bett in der Pension liege. Wenn ich als alter Mann im Haus meines Großvaters aufwache, werde ich einen Stock nehmen und jene Männer vertreiben.

Aber ich wache in der Pension »Zu den drei Raben« in Krems an der Donau auf, nicht als grauhaariger alter Mann, sondern als Dreißigjähriger. Der Spiegel zeigt mir, dass die Zeit Furchen in meinem Gesicht hinterlassen hat, aber dass ich noch nicht grau geworden bin, und diese drei Taugenichtse werden allem Anschein nach bis auf weiteres im Haus meines Großvaters bleiben.

Der Morgen ist verregnet, glitschig. Vom Fenster meines Zimmers im Dachgeschoss sehe ich den Fluss, breit, trübe und langsam. Ich sehe Pappeln, die Eisenbahnbrücke, tief hängende Wolken, den imposanten Klosterbau auf dem Hügel am anderen Ufer (er wurde nicht deshalb dort errichtet, damit die Fratres ihrem Gott näher kommen, sondern damit sie über den Menschen stehen). Der Berg wird unter dem Gewicht des Klosters zusammengepresst und stöhnt, er spürt kaum die Wolken. Ich sehe einen Lastkahn, der flussabwärts fährt, in einer Fensterecke sehe ich einen Teil der Eisenbahnschienen auf dem Bahndamm, ich sehe Dächer und den Wipfel einer Tanne, der über das Dach des gelben, dreistöckigen Hauses herausragt. Ich höre das gellende Pfeifen des Zuges am Bahnübergang, der am Museum des Verbrechens liegt (und dann erblicke ich ihn, während er pfeilschnell durch die Fensterecke rast), ich höre die Regentropfen, die auf das Dach fallen, das Dröhnen des

Lastwagens, der über die Straße fährt, ich höre eine weibliche Stimme im Nachbarzimmer singen: Schöne Welt, wo bist du?

Das frage ich mich auch ständig.

Mein Nachbar ist ein schweigsamer, alter Mann, den ich bisweilen im Flur oder im Esszimmer treffe. Er ist immer mies gelaunt, sein Blick klebt am Boden. Deshalb haben wir bisher kein einziges Wort gewechselt. Wahrscheinlich ist er schwerhörig; die Musik, die aus seinem Zimmer dringt, zeugt zwar von gutem Geschmack, ist aber gewöhnlich sehr laut.

Ich frage mich auch, wo die beiden geblieben sind, nach denen ich suche, wo haben sie sich versteckt? Sie können gar nicht weit genug fliehen. Ich werde sie finden, auch wenn sie keine einzige Spur zurücklassen. Sie können nicht in die Ewigkeit, in das absolute Dunkel verschwinden. Am Ende werden sie an den Ort zurückkehren, von dem aus sie aufgebrochen sind. Das Universum ist genauso geordnet, man braucht nur genug Zeit. Es heißt auch, dass der Mensch umso weniger weiß, je weiter er geht. Und deshalb sollte ich gar nicht hinter ihnen herlaufen, sie suchen, ich hätte wie eine Spinne auf sie warten sollen, früher oder später wären sie mir ins Netz der Geduld gegangen, aber das spielt keine Rolle mehr.

Manchmal habe ich den Eindruck, dass nur ganz wenig fehlt, um sie zu erblicken, nur ein Wimpernschlag. Wie oft haben wir uns nur um ein Haar verpasst, wie viele Male habe ich ein Café betreten, in dem sie am selben Morgen waren, oder sie betraten ein Geschäft, das ich soeben verlassen hatte? Und nun erwache ich in einem Städtchen an den Ufern eines trüben Flusses, und zwischen uns liegen ... wie viel? Tausend Kilometer?

Fünfzig Meter? Es ist nicht wichtig, denn schließlich hängt alles vom Maßstab ab, in dem man die Dinge betrachtet. In dem Maßstab, in dem der Kosmos erschaffen wurde, sind die beiden, die ich suche, irgendwo hier, auf diesem winzigen Pünktchen in der Milchstraße – in Reichweite. Doch in dem Maßstab, in den uns unsere Geburt gezwängt hat, liegen Wände, Regentropfen, Wind, Straßen, Häuser, Chemiefabriken, Kasernen, Wolken, Rangierbahnhöfe, Silos, Favelas, Felsklippen, Moraste, Wälder und Flüsse zwischen uns, und manchmal erwischt mich bei dem Gedanken, dass ich sie in diesem ganzen Chaos finden muss, der Kleinmut.

In dieses Städtchen am Donauufer, wo der Fluss sein Bett verlässt und durch die niederösterreichische Ebene zu mäandern beginnt, hat mich das Foto aus der Zeitung gebracht, die ich vor einigen Tagen im Café Hummel in der Wiener Josefstadt durchgeblättert habe.

Was habe ich im Café Hummel gemacht?

Ich wartete auf mein Frühstück.

Nach Wien war ich auf der Spur einer E-Mail gekommen, die ich einige Tage zuvor bekommen hatte. Darin stand:

> »Die Hummel sitzt auf Josip, au weia.
> Läuft die Hummel auf Josip herum oder Josip auf der Hummel?
> Was für ein Theater, was für ein Theater in Josip's Stadt«

Im ersten Moment hatte ich die Botschaft nicht verstanden. Ich dachte, dass es eine jener E-Mails ist, mit denen uns tagtäglich religiöse, kosumverherrlichende, politische und sonstige Spammer bombardieren. Ich beachtete sie nicht weiter.

Die Witwe hatte mich gerade erst angeheuert, und ich entschloss mich, alte Genossen und Freunde zu besuchen. In meinem Fall ist das eine ziemlich undankbare und unangenehme Aufgabe. Nicht, weil ich ein ehemaliger Häftling bin, der vor kurzem aus dem Gefängnis entlassen wurde, sondern wegen dem, was mich ins Gefängnis gebracht hat. Ich saß also auf der Terrasse des Teehauses Hanshan, in dem wir einst unsere Tage mit Unterhaltungen und Planungen für unsere Aktionen verbrachten. Auf dem Tisch vor mir dampfte eine Tasse Dian Hong-Tee. Am Nachbartisch saß Madame Spirlea und lächelte mir zu. Madame Spirlea war eine Wahrsagerin. Man erzählte sich, dass sie vielen Menschen Unannehmlichkeiten korrekt vorausgesagt hatte, aber selten jemandem irgendeinen Gewinn.

Soll ich dir die Karten legen?

Ich schüttelte den Kopf.

Früher oder später, sagte ich, werden wir alle zu Staub, oder etwa nicht?

Man kann es auch Staub nennen, sagte sie.

Ich atmete den Duft von Wiese und Karamell aus der Tasse ein und sah eine Biene, die auf einer Lavendelblüte in einem Blumenkübel landete. Läuft die Biene auf der Blüte herum oder die Blüte auf der Biene?, überlegte ich.

In diesem Moment blitzte Fraktalfrau vor meinem geistigen Auge auf. Sofort anschließend tauchte vor mir der Besitzer des Teehauses, Mišo China, auf.

Also, du bist es tatsächlich, sagte er und sah mich feindlich an.

Scheiße noch mal, China, was soll ich sagen, ich kann das, was du behauptest, nicht abstreiten. Deine Art, die Dinge festzustellen, ist echt tödlich. Wem auch immer du sagst, dass er es sei, der kann das kaum abstreiten.

Du bist nicht in der Position, dich wichtig machen und Witze reißen zu können, sagte China drohend.

Echt nicht? Und in welcher Position bin ich dann?

Tja, sagen wir mal, du bist in der Position, jetzt schnell deinen Tee auszutrinken und dich dann schleunigst zu verpissen. Und dich hier nicht noch mal blicken zu lassen.

Es ist gar nicht schön, so etwas von einem alten Freund zu hören, sagte ich und trank einen Schluck Tee.

Ich bin nicht dein Freund. Ein Verräter kann nie mein Freund sein.

Du bist alt geworden, China, und pathetisch. Du glotzt viel zu viele von diesen indischen und chinesischen Seifenopern.

Unglaublich, sagte er und überhörte meine Bemerkung, aber als mich der Kellner nach der Packung Dian Hong fragte, musste ich sofort an dich denken.

So heruntergekommen bist du also, dass bei dir jetzt die Kellner den Tee zubereiten. Es gibt also keine chinesischen Teemeisterinnen und den ganzen Schnickschnack mehr, vielleicht ist eine Longjin-Zeremonie gefällig oder etwas Kung-Fu, oder wie nannte sich dieser ganze Schabernack doch gleich? Es scheint, als gingen die Geschäfte nicht wirklich prächtig.

Er ignorierte mich. Ich blinzelte mit den Augen, nahm kleine Schlucke und roch am Tee, und es war mir egal, dass er neben meinem Tisch stand und darauf wartete, dass ich gehe. Ich wandte mich ihm erst wieder zu, als ich meinen letzten Schluck getrunken hatte.

Ich vermute, dass du mir nicht sagen willst, wo ich Fraktalfrau und Gärtner finden kann?

Er sah durch mich hindurch.

Und die anderen, was ist mit ihnen?

Du hast deinen Tee ausgetrunken und jetzt geh.

Ich stand auf und fragte ihn:

Läuft die Hummel auf Josip herum oder Josip auf der Hummel?

Beim Verlassen des Teehauses hörte ich Madame Spirlea sagen:

Ich habe den Tod nicht gesehen, hüte dich vor dem Reisen.

Und wer bin ich?

Nennt mich Vanča.

Ich habe mich von dem Namen aus meinem Personalausweis verabschiedet, genauso wie ich mich vom sogenannten normalen Leben verabschiedet habe. Auch Hämorrhoiden werden zur Normalität, wenn der Mensch sich daran gewöhnt. Auch Paradontose. Auch Blutspucken. Auch das Wühlen im Müll.

Wie ich schon sagte, werde ich von der Witwe bezahlt, einer reichen und verrückten Frau. Ihr Mann hat ihr Milliarden hinterlassen, die er in der ersten Privatisierungswelle zusammengerafft hat, und verrückt geworden ist sie, als er vor einigen Jahren ermordet wurde. Die Polizei beschäftigte sich nicht mit dem Fall, weil er außerhalb der Mauer getötet wurde, so dass sie eine Privatagentur engagierte, die nichts Besonderes unternommen hat, außer regelmäßig Rechnungen zu schicken. Dann wiesen ihre Bekannten bei der Polizei mit dem Finger auf mich.

Warum?

Weil ich die Mörder kenne.

Wir werden ihn hundertprozentig ökologisch abmurksen, auch heute noch kann ich die Begeisterung in Gärtners Stimme hören, das wird die erste Öko-Exekution.

Nicht alle von uns teilten seinen Enthusiasmus. Nicht dass mir an diesem Typen irgendetwas gelegen hätte. Was mich betraf, hätte er auch ruhig vor Durst verrecken können, aber nicht so, durch unseren Willen und durch unser Zutun. Außerdem war mir Gärtner so sympathisch wie Kopfschmerzen.

Er kam als einer der Letzten dazu. Er tauchte Sylvester 2013 an der Tür auf und sagte, dass er gerne mitmachen wolle. Wir ließen ihn natürlich, jeder Mensch ist willkommen, wenn es um den Widerstand gegen die Holding geht, dafür war kein CV und kein Empfehlungsschreiben nötig, doch mir gefiel er – wie schon gesagt – auf den ersten Blick nicht, ich witterte Unglück in ihm.

Auf jeden Fall konnte man ihm seine Entschlossenheit nicht absprechen. Wie damals, als wir die Wasserstelle besetzten und forderten, dass die Holding den Preis für Wasser nicht erhöht und dass Wasser für alle zugänglich bleiben muss. Obwohl wir damals nicht beabsichtigten die Einrichtung zu besetzen, sondern nur mit unseren Körpern den Eingang blockieren wollten, sprang Gärtner, ohne zu zögern, über den Zaun, gleich nachdem wir vor dem Eingang angekommen waren, und wir folgten ihm alle und besetzten die Anlage vor den

Augen einiger verwirrten Wächter. Das war ausgezeichnet. Doch was soll man dazu sagen, dass er sich einige Monate später vor dem Hanshan einen Broker schnappte, der hierhergekommen war, um sich zu vergnügen, ihn zur Mülldeponie schleppte und umbrachte? Viele Menschen verließen in diesen Tagen die Ungenießbaren. Scheiße, sagten sie, das wollen wir nicht, wir wollen nicht bei einem Mord mitmachen, der Typ ist bestimmt ein Provokateur und Spitzel. Sie gingen einfach weg.

Einige von uns waren geblieben, jeder hatte seine eigenen Gründe dafür gehabt. Ich war auch sicher, dass Gärtner ein Provokateur und Spitzel war, aber ich war wegen Fraktalfrau geblieben. Wir waren beinahe zwei Jahre zusammen, in dieser Zeit ging es uns ziemlich gut, aber dann hat sie sich mit Gärtner zusammengetan. Das tat weh, natürlich tat das weh, aber ich machte kein Aufhebens davon. Die Dinge verändern sich ständig, so tröstete ich mich, alle Dinge, schließlich befindet sich das ganze Universum in einem kontinuierlichen Fluss, und wenn sich die Galaxien voneinander entfernen, warum soll man dann ein Drama daraus machen, wenn sich zwei Menschenwesen voneinander entfernen. Ich war also bei ihnen geblieben, weil ich hoffte, dass Fraktalfrau und ich wieder zusammenkommen würden. Wenn du dreiundzwanzig bist, hast du das Recht, dumm zu sein und auf Wunder zu hoffen.

Aber als Gärtner beschloss, diesen Mann durch Durst umzubringen, sagte ich zu ihm, er solle sich zum Teufel scheren, so ginge es nicht. Er verzog das Gesicht und sagte, dass der Typ im Grunde für den Tod meines Vaters verantwortlich sei, und warum ich mich denn so aufführen würde. Und ich antwortete ihm, dass ihn der Tod meines Vaters nichts angehe, und er möge sich da gefälligst nicht einmischen, und dass es krank sei, den Typen vor Durst eingehen zu lassen, und dass ich das nicht zulassen würde, und er fragte mich, wie ich es denn zu verhindern beabsichtige.

Vielleicht bin ich kein großer Verführer, aber ich verfüge über einige andere Qualitäten, so dass ich ihn mit einem kräftigen Schlag vor das Knie zu Boden schickte und mit dem Fuß seinen Hals quetschte. Das hatte er nicht erwartet. Ich kann zum Beispiel deinen Kehlkopf zertrümmern, sagte ich, und diese Idee erschien mir ausgesprochen sympathisch, aber dann mischte sich Fraktalfrau ein. Sie sagte, dass ich gehen könne, wenn mir das, was sie tun, nicht gefalle. Und ich packte erstaunlich gefasst meine Sachen und verdrückte mich. Am Nachmittag habe ich mich in der Holding der Polizei gestellt.

Heute denke ich nicht mehr, dass das eine gute Idee war, aber damals habe ich gar nichts gedacht. Ich war nur traurig.

Ich bekam zwanzig Jahre, aber ich saß nur fünf, da die Holding inzwischen beschlossen hatte, dass auch die Gefängnisse wie die öffentlichen Kindergärten, Schulen und Universitäten herausgeschmissenes Geld seien, und so beschlossen sie also, auch die Gefängnisse dicht zu machen, und ich fand mich über Nacht auf der Straße wieder, und heute bin ich da, wo ich bin.

Im Café Hummel blätterte ich durch die Zeitung, und auf einem der Fotos erkannte ich Fraktalfrau. Sie hatte sich sehr verändert, sie war dünner geworden, ihr Haar war wesentlich kürzer als in meiner Erinnerung, blond gefärbt, sie trug eine Sonnenbrille, aber ich erkannte sie trotz alledem.

Wie denn?

Wenn ich mich selbst im Spiegel anschaue, brauche ich niemanden, der mir sagt, dass ich das bin.

Auf dem Foto war Gärtner nicht zu sehen, aber ich war sicher, dass er nicht weit sein konnte. Die Tatsache, dass das Foto mit Fraktalfrau überhaupt abgedruckt worden war, bedeutete, dass die beiden sich verändert haben mussten. Unter normalen Bedingungen, für uns normalen Bedingungen, gab es keine Chance, dass dieses Foto je hätte veröffentlicht werden können, und der Fotograf hätte im besten Fall seine Kamera und einige Zähne eingebüßt. Unter dem Foto stand: Eröffnung des Museums für Verbrechen in Krems an der Donau.

An diesem Nachmittag fuhr ich vom Bahnhof Franz Josef nach Krems.

# Fünftes Kapitel

*Milinović im Schuppen – Münzsuppe, Kreditkartengrillteller – Wie hoch ist der Wert des Wertes von zwanzig Euro? – Dort, wo die Symmetrie nicht wirkt*

Guten Tag, Herr Milinović, wie geht's uns denn heute?

Ein Mann in den Sechzigern blinzelte zu dem Licht, das sich durch die geöffnete Schuppentür ergoss. Einen Augenblick später erschien Gärtner, gebeugt, mit einem Tablett in seinen Händen.

Sind Sie hungrig?, fragte er und stellte das Tablett auf den Boden. Haben Sie immer noch Hunger nach Geld? Heute gibt es Münzsuppe. Das sind Münzen mit dem Portrait vom alten Cervantes, Sie wissen doch wohl, wer das ist, Sie sind ja gebildet. Weiter einige Münzen mit dem Portrait von Königin Beatrix und auch eine Hand voll Münzen mit Eichenblättern und Eicheln. Wie Sie sehen, ist es eine wahrhaft edle, internationale Suppe. Das Hauptgericht besteht aus einem Kreditkartengrillteller, die Kreditkarten wurden von einem Ihrer Kollegen gespendet, der sie nicht mehr braucht, und auch wir brauchen sie nicht. Und den Salat hat unser Küchenchef heute aus nicht mehr ganz frischen Blättern der Financial Times hergerichtet. Wir wissen, dass Ihnen ein

Salat aus den Blättern von *Kapitalismus und Freiheit* lieber wäre, aber dieses Buch gibt es leider nicht mehr, das einzige Exemplar, das wir hatten, haben Sie schon aufgefressen. Als Dessert gibt es wie üblich nichts. Zufrieden?

Milinović antwortete nicht. Er spricht nicht mehr, er fühlt nicht mehr, er versucht es nicht einmal mehr, er vegetiert nur noch dahin. Er kann nicht einschätzen, wann er entführt wurde, vor zwei Monaten, vor sechs Monaten, vor einem Jahr. Er misst die Zeit nur an seinen Herzschlägen; sein Herz bleibt manchmal stehen, und es scheint ihm, als würde kein weiterer Schlag mehr folgen. Er spürt dann Erleichterung, beinahe so etwas wie Hoffnung.

Meistens liegt er in seine Lumpen gehüllt da und horcht. Er hört Geräusche aus der Nachbarschaft. Autos, das Bellen von Hunden, Lärm, das Fluchen und Lachen von spielenden Kindern, Züge, Schläge auf Metall, Geräusche, die er am Anfang nicht zuordnen konnte, in denen er aber das Quietschen der Wasserpumpe, Holzhacken und Teppichklopfen erkannt haben will. Als er diese Geräusche zuordnete, begriff er, dass er sich außerhalb der Mauer befindet.

Da starb er zum ersten Mal.

Solange er glaubte, dass er sich innerhalb der Mauer befindet, hatte er Hoffnung. Sie werden mich finden, so glaubte er, wenn sie sich nur die Aufnahmen aller Überwachungskameras anschauen. Er wusste, dass jede Ecke in der Holding durch Kameras überwacht wurde, und je mehr Tage vergingen, desto mehr wuchs seine Wut auf die Polizei, die die Aufnahmen offensichtlich noch nicht gesichtet hatte. Man hatte ihn vor dem Restaurant in dem Geschäftskomplex in der Branimir-Straße aufgegriffen, vor den Augen von zehn trägen Sicherheitskräften, so erinnerte er sich voller Bitternis. Sie waren nicht länger als fünfzehn Minuten gefahren. Er wurde mit dem Gesicht auf dem Boden zwischen die Sitze geworfen und mit einer Plane zugedeckt. Fünfzehn schäbige Minuten, er schüttelte sich vor Wut. All dieses Leid und das Elend seiner Lage, die Erniedrigung, die er zu erdulden hatte, all das, was ihm widerfuhr, war in diesen fünfzehn Minuten enthalten, und die haben immer noch nicht die Aufnahmen gesichtet und ihre Schlüsse daraus gezogen. Er würde dafür sorgen, dass irgendein Kopf rollt, sobald er das hier hinter sich haben würde. Oh, wie er dafür sorgen würde.

Und dann erkannte er das Quietschen der Wasserpumpe im Hof.

Anschließend hatte er nächtelang gehört, wie sich in ihm die Lawinen loslösten und niederstürzten, wie es in seiner Brust krachte und donnerte, und wenn sich all das gelegt hatte, krümmte er sich auf seiner Liege zusammen und fing an zu weinen. Aber er weint nicht mehr. Er spürt nicht einmal mehr Angst. Gründe für seine Angst hatte er anfangs im Überschuss, und er hatte sich lange gefürchtet. Am meisten Angst hatte er vor der Begegnung mit diesem jungen Mann, der brutal und kalt war und der ihm allerlei Dinge an den Kopf warf.

Dir ist wohl klar, dass du hier nicht lebend rauskommen wirst, hatte er ihm gesagt, nachdem man ihn in dieses Loch gesteckt hatte. Wir werden dich töten, das heißt, ich werde dich töten, und vorher werde ich dich schmoren lassen, damit du ordentlich ins Schwitzen kommst. Ehrlich gesagt, habe ich keine Ahnung, wie lange. Wahrscheinlich bis es mir langweilig wird. Aber immer, wenn du mich in der Tür sehen wirst, sollst du wissen, dass es das Letzte sein könnte, was du siehst.

Am ersten Tag hatte Gärtner einen Teller Sand vor Milinović gestellt.

Iss!

Milinović starrte auf den Teller.

Iss!

Das?!

Irgendwelche Probleme damit? Ist der Teller nicht hübsch genug? Er ist aus Olivenholz. Und schau dir bloß mal den Löffel an, aus Bambus, alles erstklassig und eco-friendly.

Milinović stotterte etwas darüber, dass Sand nicht essbar sei.

Essbar, sagte Gärtner, willst du etwas Essbares?

Milinović nickte mit dem Kopf, er zierte sich.

Das geht schon, sagte Gärtner, kein Problem, aber was gibst du mir dafür?

Gestern habt ihr mir meinen Geldbeutel abgenommen, sagte Milinović.

Gärtner holte einen Geldbeutel aus seiner Jackentasche und zeigte ihn ihm.

Ist das hier dein Geldbeutel?

Milinović nickte.

Gärtner nahm ein paar Banknoten aus dem Geldbeutel, warf sie auf den Boden, nur eine Banknote von zwanzig Euro behielt er in der Hand.

Welchen Wert hat das hier? Er zeigte Milinović die Banknote.

Zwanzig Euro, antwortete dieser verunsichert.

Zwanzig Euro, sagte Gärtner, und welchen Wert haben zwanzig Euro?

Ich verstehe nicht, sagte Milinović.

Wie hoch ist der Wert des Wertes von zwanzig Euro?, erläuterte Gärtner.

Ich verstehe es auch weiterhin nicht, sagte Milinović. Das, was Sie sagen, ist völlig unverständlich.

Eigentlich bist du nicht besonders clever. Nur weil du etwas nicht verstehst, meinst du gleich, es sei unverständlich. Ich versuch es mal so: Nehmen wir an, dass ihr Bonzen, die ihr über alles und alle entscheidet, unter euch vereinbart habt, dass die Arbeitsstunde einer Schneiderin, die Anzüge näht, ungefähr zwei Euro wert ist. Können wir uns darauf einigen?

Milinović nickte mit dem Kopf. Vor dem Schuppen hörte man Schritte, und ein Kopf spähte hinein:

Beeil dich, wir gehen ins Hanshan.

Wartet noch, antwortete Gärtner, wir halten gerade eine Ökonomiestunde ab. Also, zehn Arbeitsstunden dieser Schneiderin haben einen Wert von zwanzig Euro, okay? In zehn Stunden näht sie einen Anzug, der nebenbei gesagt für tausend Euro verkauft wird. Abgesehen davon, in wessen Taschen diese Differenz landet, sind wir uns darüber einig, dass der Wert von zwanzig Euro die Produktion eines Anzugs deckt? Und wie hoch ist dein Stundenlohn? Ungefähr fünfhundert Euro, schätze ich mal. Kannst du, Freundchen, in einer Stunde fünfundzwanzig Anzüge nähen?

Sie vergleichen Äpfel mit Birnen, sagte Milinović.

Lass mal die Äpfel und Birnen aus dem Spiel, die wachsen völlig problemlos nebeneinander im Obstgarten, oder sie liegen zusammen in einer Obstschale. Das Durcheinander befindet sich in deinem Kopf. Das Problem besteht darin, dass du und deinesgleichen euch eingebildet habt, dass eure Klugscheißerei mehr wert ist als die Arbeit, und damit kommt ihr durch bei euch in der Holding und in der Welt allgemein. Hochstapler und Halunken von deiner Sorte haben die Welt übernommen, meinst du nicht auch? Aber in diesem Moment ist nur wichtig, dass all das in dieser Baracke hier keine Bedeutung hat. Hier hat auch das Geld keinen Wert mehr. Du kannst es als Brennstoff verwenden, und wenn du willst, kannst du es auch essen.

Milinović sah ihn entsetzt an.

Siehst du, wo der Haken ist: Ein Bonze von der anderen Seite der Mauer ist nicht zwingend auch auf dieser Seite ein Bonze. Die Symmetrie ist die Quelle eurer Gesetze, aber hier ist sie nicht gültig. Nicht im Geringsten. Dieses Plastik, er warf die Kreditkarten auf den Boden, öffnet dort alle Türen, damit kannst du alles erreichen, und hier kriegst du nicht einmal ein anständiges Mittagessen dafür. Nichts von dem, was du hast, was du weißt oder was du geben könntest, hat hier einen Wert. Auch du hast hier keinen Wert. Das heißt, dein Wert entspricht ungefähr dem Wert des kaputten Spatens da vorne in der Ecke. Und wenn ich das sage, mache ich dir schon ein Kompliment. Iss!

Seit dieser Zeit bekam Milinović Sand oder Schutt oder Zeitungspapier oder Müll oder abgenagte Knochen oder Blätter oder Sperrholzstückchen oder etwas Ähnliches sowie eine Scheibe Brot und ein Glas Wasser, mit dem er sich auch waschen musste. Seine Notdurft verrichtete er in einem Loch in der Ecke, das er selbst ausgehoben hatte. Die Tage und Nächte wechselten sich ab, es kam der Winter mit einem Teppich aus Eis auf dem Boden seines Kerkers, er bekam einige alte Militärdecken, die schrecklich stanken, und verbrachte darin eingehüllt den Winter.

Er überlebte.

Er erfuhr, was es bedeutet, wenn man von jemandes Gnade abhängig ist. Und der junge Mann gab sich alle Mühe, ihn wissen zu lassen, dass jede nächste Sekunde seines Lebens eine Gnade ist, die er ihm großzügig gewährte. Milinović wusste am Ende nicht mehr, was schrecklicher ist, von der Gnade abhängig zu sein oder sie zu entbehren.

Du bist dumm, wenn du hoffst, dass deine Leute dich retten, hatte ihm dieser grauenvolle junge Mann gesagt. Sie brauchen dich nicht, sie haben dich schon längst durch jemand anderen ersetzt, und sie werden auch den ersetzen, wenn sie ihn verbraucht oder wir ihn erledigt haben. Du hast einfach kein Glück, so sieht es aus.

Er dachte über Selbstmord nach, der Gedanke daran kam ihm oft in den Sinn. Im Schuppen lagen einige alte Stricke herum, er hätte sich leicht an einem Balken aufhängen können, doch seinen Entführern – so schien es – war es ganz egal, was mit ihm geschehen würde, ob er sich selbst oder sie ihn umbringen würden, und ihre Gleichgültigkeit entmutigte ihn zusätzlich und brachte ihn von diesem Vorhaben ab.

So gammelte Milinović vor sich hin.

Er nahm eine angekohlte Kreditkarte vom Teller. Der Name des Besitzers war noch lesbar: Ivo Pavić. Milinović schreckte zusammen. Die Hand, in der er die Kreditkarte hielt, begann zu zittern.

Schrecklich, nicht wahr?, sagte Gärtner.

Milinović sah ihn verständnislos an.

Wie bitte?

Als hätten wir deinen Sohn umgebracht, sagte Gärtner.

Sohn?

Ja, deinen Sohn.

Ich verstehe nicht.

Wieso verstehst du das nicht? Wenn du einen Sohn hättest, würden wir den töten. So hat dein Schützling dran glauben müssen.

Milinović begriff. Er verstand, dass er kein zufälliges Opfer dieser Irren war, die Banker und Manager entführten und töteten, er hatte schon in den Zeitungen darüber gelesen und in den Fernsehnachrichten davon gehört, aber er konnte keinen Grund ausmachen, warum ausgerechnet er und Pavić zu Opfern auserkoren worden waren. Er hob den Kopf und sah Gärtner in die Augen.

Warum?, fragte er.

Ach, warum, warum, sagte Gärtner. Es ist zu spät für solche Fragen, du hättest dich das fragen sollen, als du anfingst, deiner Beschäftigung nachzugehen. Und wenn du mich so fragst – du bist wirklich ein Stück Scheiße. Nur weil sie ein paar Dosen mit abgelaufenem Verfallsdatum aus einem Itex-Container nehmen wollten, hast du die Polizei auf diese Menschen gehetzt. Du erinnerst dich sicher daran, einer von ihnen hat einen Polizisten getötet – und dann sich selbst.

Milinović erinnerte sich an diesen Vorfall, der sich vor sieben oder acht Jahren ereignet hatte. Man hatte damals viel darüber geschrieben und gesprochen. Der Selbstmörder war ein Kriegsveteran gewesen, und das hatte zusätzlich Öl ins Feuer gegossen. Aber was hatte er damit zu tun.

Ich hatte damit nichts zu tun, sagte er, ich war im Vorstand, das, was da abgelaufen ist, war eine Sache der unteren Etagen und …

Hast du diese Dosen gebraucht?, unterbrach ihn Gärtner. Hast du nicht. Hättest du sie verkaufen können? Hättest du nicht. Hing dein Leben von ihnen ab? Tat es nicht. Und trotzdem hast du wegen ein paar lausiger Konserven, die schon abgelaufen waren, diese Menschen zerstört, und wer weiß wie viele andere noch.

Milinović sah ihn stumm an.

Es hat mich immer interessiert, setzte Gärtner fort, was ihr Banker mit all diesem Geld macht. Verkauft ihr es für noch mehr Geld? Hier, er klaubte etwas Staub vom Boden zusammen, ich verkauf dir das für zwei Hände voll Staub. Abgemacht?

Milinović starrte auf den Boden.

Mal ganz im Ernst, wofür braucht ihr all das Geld, wozu dient es euch? Eines weiß ich ganz bestimmt, essen tut ihr es nicht.

# Sechstes Kapitel

*Jokićs Hütte – HUKEIVERBREs – Die Schale der Drachenfrucht – Die Holding – Die Zone – Der Mann, der keine Angst vor dem Aufgehen des Mondes hat*

Jokićs Hütte, ein mit Wellblech bedeckter Bau von dreimal fünf Meter, stand in einem Hainbuchenwald, der von Norden her durch einen steilen Felsen begrenzt war. Vida machte es sich in dem Zweisitzer bequem, der aus der Rückbank eines Bullis entstanden war, und erforschte das von zwei Kerzen beleuchtete Innere der Hütte. Es waren die letzten Tage des Augusts im Jahre 2005. Die Nacht war frisch. Durch die offene Tür hörte man den Wind durch die Blätter rauschen. Aus dem Dunkel meldete sich ein Waldkauz. Jokić machte in einem gusseisernen Herd Feuer und ließ Wasser aufkochen.

Ich habe Kräuter getrocknet, also wenn du einen Tee möchtest …

Schon gestern Abend habe ich Rauch gerochen, sagte Vida, aber ich dachte, dass ich mir das nur einbilde.

Ja, sagte Jokić, manche Menschen blicken eben nicht über das eigene Zelt hinaus.

Vida spürte, wie seine Ohren zu glühen begannen.

Ich bin nicht hierhergekommen, um herumzuschnüffeln, sagte er.

Ach so, sagte Jokić, und deshalb hast du auch in jeden Steinbrunnen geguckt?

Vida betrachtete ihn aufmerksam. Der andere erwiderte seinen Blick in aller Ruhe.

Du hast offenbar nichts Klügeres zu tun als herumzuspionieren, sagte Vida.

Ich spioniere nicht, sagte Jokić, es interessiert mich nur, wer in mein Haus eingedrungen ist.

Du wirst ja wohl kaum der Besitzer dieses Berges sein?

Ich habe nicht gesagt, dass ich der Besitzer des Berges bin, aber ich bin auf ihm zu Hause, er ist alles, was ich habe. Und was das Klügere angeht, ich hatte bis zum letzten Jahr Klügeres zu tun, bis sie meine Schafe getötet haben.

Man hat deine Schafe getötet?, wunderte sich Vida.

Die ganze Herde.

Wer ist denn auf die Idee gekommen?

Die HUKEIVERBREs.

HUKEIVERBRE ist ein Akronym für »Helden und keine Verbrecher«, eine Organisation, die seit 1991 zunächst Kroatien und später die Holding beherrschte. Die Organisationen, die mit HUKEIVERBRE verwandt sind, sind in der Welt unter verschiedenen Bezeichnungen bekannt: Chicago Boys, IWF, WTO, British Petroleum, CIA, IBM, Weltbank, Wall Street, Halliburton Co, Nokia, das kolumbianische Drogenkartell, Microsoft, der Amerikanische Präsident, der Britische Premierminister, der Russische Präsident, der Französische Präsident und viele andere mehr. Sie haben Lateinamerika, Asien, die UdSSR, Afghanistan und den Irak zerschlagen, sie erheben Anspruch auf alle Erz- und Mineralvorkommen unter und über der Erde und im Meer sowie auf alle bekannte und noch nicht bekannte Sterne und Galaxien.

Entsprechend seiner Größe und der Bedeutung des Territoriums, das es beherrscht, ist HUKEIVERBRE ein Spielzeug im Vergleich zum IWF oder zum Amerikanischen Präsidenten, unter deren Händen sich alles in Schutt und Asche verwandelt. Aber auch HUKEIVERBRE ist kein Kinkerlitzchen. Es hat seit seiner Gründung 1991 ein ordentliches Chaos in Kroatien verursacht. Dabei ist es kein Trost für die Bewohner Kroatiens, dass ihre Hölle ein Kindergarten war im Vergleich zu den Höllen im Irak oder in Afghanistan oder Gaza oder Pakistan oder Libyen oder Somalia. Kaum jemandem hat es genutzt, zu wissen, dass sich Gut und Böse immer ergänzen, dass sich Glück und Unglück gegenseitig anziehen und dass Reichtum Armut zur Voraussetzung hat. Weisheit ist ein bitterer Trost für den Menschen, von dem nur noch der Kopf aus dem Treibsand ragt und es in erreichbarer Nähe keinen Stock gibt, an den er sich mit seinen Zähnen festklammern könnte. Wenn sein Mund sich mit Sand zu füllen beginnt, ist es nicht zu erwarten, dass er darüber nachdenkt, nach welcher Logik dieses Prinzip der Harmonie zwischen Lang und Kurz, Hoch und Niedrig, Gut und Böse, Stock und Nicht-Stock wirkt. Nein, dieser Mensch wird jaulen und jammern, und seine Schreie und Klagen werden vom Sand erstickt.

Kroatien war in jenen Jahren erfüllt von Schreien im Sand.

Eigentlich lief alles glatt ab. Der Plünderung des nationalen Eigentums auf dem Festland, am und im Meer, die von HUKEIVERBRE betrieben wurde, ging die Ermordung einer serbischen Familie voraus, eines zwölfjährigen Mädchens und ihrer Eltern. Das war so etwas wie ein Versuchsballon. Im Winter 1991 drangen Polizisten nachts in ihr Haus ein und töteten sie. Das Mädchen wurde auf die Mülldeponie außerhalb der Stadt gebracht und mit einem Kopfschuss getötet. Die Nachbarn schauten weg. Der Staatsanwalt schaute weg. Die Kroaten schauten weg. Die Kirche meinte, dass man die Umstände dieses unschönen Ereignisses berücksichtigen müsse, und der Vorsitzende des Obersten Gerichtshofes sagte, dass ein Kroate in einem Verteidigungskrieg keine Verbrechen begehen könne. HUKEIVERBRE 001 war mehr als zufrieden. »Erste Sahne«, er rieb sich die Hände, »wenn wir damit durchgekommen sind, dann kommen wir mit allem durch.«

Und sie kamen mit allem durch.

Die kroatischen Gesetze ähneln dem Zweiten Hauptsatz der Thermodynamik. Auch sie sind statistische Gesetze, das heißt, sie gelten nicht immer, sondern nur in der Mehrheit der Fälle. Für dieses Verbrechen wurde niemand bestraft.

Krieg verwandelt Politiker, diese verlogenen, gierigen und korrupten Dummköpfe, in durchgeknallte Dummköpfe. So haben die HUKEIVERBREs das Land geplündert (man nannte das »Privatisierung« oder »Verkleinerung des öffentlichen Sektors«) und ausverkauft samt allem, was zum Land gehörte, Wasser und Luft inbegriffen. Wenn das Vieh oder die Hunde – so pflegten die HUKEI-

VERBREs die kroatischen Bürger zu nennen – wegen dieser oder jener Angelegenheit ihre Stimme oder ihren Kopf erhoben, oder wenn jemand mit dem Finger auf etwas wies und sagte: »Verzeihen Sie, aber es handelt sich um Diebstahl« oder »Warten Sie mal, dieser Typ da ist doch ein Krimineller«, dann sprang die Horde der Anhängerschaft auf und brüllte: »Held und kein Verbrecher!« oder »Wir sind alle HUKEIVERBRE.«

Heute, im Jahre 2020, existiert Kroatien als Staat nicht mehr. Es ist nur noch ein Fleck auf der Landkarte. Ein parzelliertes und verwüstetes Stückchen der sich drehenden Erdkugel. Eine vertrocknete Schale der Drachenfrucht. Die adriatische Küste, die Inseln und Istrien sind im Besitz von Offshore-Firmen und Banken, und sieben Städte, die von Mauern umgeben sind – Zagreb, Osijek, Dubrovnik, Split, Zadar, Rijeka und Pula –, sind zu einer Holding vereinigt, die von Steuern, Handel und Maklergeschäften lebt. Alle anderen Güter, zu denen die eingezäunten und gut bewachten Trinkwasserquellen, die Kraftwerke, Flughäfen, Autobahnen, die fruchtbaren Gebiete in Slawonien und die Wälder in Gorski Kotar gehören, sind im Besitz von Großbetrieben. Das Gebiet außerhalb der Mauern und Zäune wird die Zone genannt. Es ist ein Niemandsland. Alles, was die Holding nach dem Verschlucken verdaut, endet dort, und auch all das, was keinen Profit bringt: die Deponien für nuklearen, chemischen, medizinischen und kommunalen Müll, die öffentlichen Krankenhäuser, Kindergärten, Schulen und Universitäten, die Theater, Armen- und Waisenhäuser, Obdachlosenunterkünfte, überschüssige Arbeitskräfte, Alte, Kranke, unfruchtbare Erde.

Doch zu jener Zeit, in der sich Jokić und Vida in der Hirtenhütte auf dem Berg Velebit unterhielten, gab es noch einiges, was man plündern und verkaufen konnte. Jokić goss das Getränk, eine Mischung aus Heidekraut, Thymian und Birkenrinde, in Blechtassen und erzählte dabei, wie sie seine Schafe getötet hatten.

Ich verstehe das nicht, sagte Vida und nahm die Tasse entgegen. Warum haben sie das getan?

Ich störe sie hier, deshalb. Ich sehe, was sie tun.

Und was tun sie?, fragte Vida.

Jokić sah ihn an.

Ich weiß nicht, wer du bist, noch was du hier zu suchen hast, vielleicht bist du einer von ihnen, aber das ist jetzt nicht wichtig, ich werde es dir erzählen, wenn du mich schon fragst. Was machen die also? Für fettes Geld schleppen sie italienische Wilderer hier an. Auf diesem Teil des Velebits gibt es keine Schonzeit, keine geschützten Arten mehr, es wird rund um die Uhr gejagt, dreihundertfünfundsechzig Tage im Jahr, mit allen erlaubten und verbotenen Mitteln, inklusive Antipersonenminen.

Antipersonenminen?

Ja, Antipersonenminen. Sie legen sie auf den Tierpfaden aus. So haben sie vor einigen Tagen Jovana umgebracht.

Jovana?

So hieß eine Wölfin.

Vida trank einen Schluck von der durchsichtig grünen Flüssigkeit. Sie duftete angenehm.

Ich habe dir keinen Schnaps angeboten, sagte Jokić, willst du ein Gläschen? Er ist gut, hausgemacht.

Vida verneinte mit dem Kopf. Er betrachtete diesen Mann, der den Wölfen Namen gibt und Kräuter sammelt.

Auch er pflückte manchmal Kräuter und kochte sich Tee daraus, eine Gewohnheit aus dem Krieg.

Die Sache mit den HUKEIVERBREs, du hast sie doch wohl nicht der Polizei gemeldet?, fragte er.

Doch. Der Polizei und der Forstbehörde.

Eine dumme Idee, sagte Vida. Du weißt doch selbst, dass die Polizei von den HUKEIVERBREs geleitet wird. Dass der Minister ein HUKEIVERBRE ist. Es sind doch die Hüter des Systems, und sie scheißen auf Gerechtigkeit und Gesetze.

Na und?, fragte Jokić.

Ich sage es ja nur, sagte Vida, hast du denn keine Angst?

Eigentlich nicht. Was können sie mir schon tun?

Sie können dich zum Beispiel auf den Weg deiner Schafe schicken.

Aber sie können mir keine Angst einjagen, sagte Jokić ruhig.

Du hast keine Angst vor dem Tod?

Warum sollte ich vor ihm Angst haben? Wir sind gute Freunde, er grinste, er hat mich in den letzten Jahren oft in die Arme genommen.

Ich weiß nicht, sagte Vida, dem die lässige Haltung seines Gastgebers auf die Nerven zu gehen begann, aber mir scheint es ganz normal zu sein, wenn die Menschen Angst vor dem Tod haben.

Ist es normal, Angst davor zu haben, dass der Mond auf- und untergeht?

Jokić zeigte durch die Tür auf den Hof, in dem das Gras im Mondschein glitzerte, als hätte es Frost gegeben.

Was hat das damit zu tun?

Wir werden geboren, und wir sterben, wenn die Zeit dafür gekommen ist. Man darf keine Angst vor dem Tod haben. Aber man soll sich vor den Mördern fürchten. Vor Menschen, die mit einer Pistole in der Tasche herumlaufen.

Vida zuckte zusammen. Er hat doch nicht in meinem Zelt herumgeschnüffelt und die Pistole gefunden, dachte er.

Er sah Jokić an. Sein Gesicht war ruhig. Kalt wie der Rasen im Mondschein.

# Siebtes Kapitel

*Gärtners E-Mail – Wer hat dem Löwenherz einen bösen Streich gespielt? – Massenmörder sind in Mode – Der Alte – Damenunterwäsche und das Geräusch eines vereisten Baches*

Was zum Teufel suchen die beiden in Krems? – diese Frage geht mir durch den Kopf, seitdem ich das Foto von Fraktalfrau in der Zeitung gesehen habe. Auch in der E-Mail, die ich heute Morgen erhalten habe, bekam ich keine Antwort darauf.

SCHEISSE, ALTER FREUND, NICHT WAHR? DICH HABEN SIE AUCH VERSCHLUCKT UND GEGEN UNS GEDREHT. SIE ZIEHEN BUCHSTÄBLICH AUS ALLEM IHREN NUTZEN. SO AUCH AUS UNS, DIE WIR UNS IMMER NOCH AUSSERHALB IHRES SYSTEMS UND IHRER GESETZE AUFHALTEN. GEH INS MUSEUM DES VERBRECHENS, DORT WIRST DU SEHEN, WAS WIR MEINEN. WIR HÖREN, DASS MAN IN DER HOLDING DEIN FOTO ZUM VERKAUF ANBIETET. BEKOMMST DU ETWA TANTIEMEN? HA, HA, HA! WIR HABEN EINEN NEUEN WEG GEWÄHLT. WIR SUCHEN ETWAS, DAS MAN NICHT IN EIN GESCHÄFT, EIN SPEKTAKEL, EINE SCHLAGZEILE VERWANDELN KANN. EXISTIERT ETWAS

DERGLEICHEN ÜBERHAUPT, SO WIRST DU FRAGEN. WIR GLAUBEN, DASS ES EXISTIERT.

IN ALLER FREUNDSCHAFT: BEMÜH DICH NICHT, DU WIRST UNS NICHT FINDEN. DU WARST UNS GANZ NAH, GESTERN SIND WIR BEINAHE ÜBER DICH GESTOLPERT, WIR HABEN DICH NICHT SO SCHNELL HIER ERWARTET. ALS WIR DICH SAHEN, HÜPFTE UNSER HERZ. DOCH DAS WAR GESTERN. UND GESTERN WIRD SICH NICHT MEHR WIEDERHOLEN. NA, WAS SAGST DU DAZU?

Ich sage, dass du deinen Caps Lock ausschalten sollst, du Idiot.

Ich habe auf die E-Mail gestarrt. Wir, wir, wir ... Wann sind die beiden bloß zusammengeschmolzen? Was für eine dumme E-Mail. Gärtner hatte nie Stil. Er sagt, sie haben einen neuen Weg gewählt und suchen etwas, aus dem man keinen Profit herausquetschen kann. Sehr gut, ganz gewöhnliche Angst in Philosophie verpacken. Es wird wohl eher so sein, dass sie auf der Flucht vor dem Kardinal sind. Wie ich im Gefängnis gehört habe, hat sich Gärtner bei seinen Spielchen ein wenig vergessen und einen Priester erschossen. Der junge Mann war in das Hanshan gekommen, um sich dort mit ein paar Chinesinnen zu vergnügen, und da hat er sich ihn geschnappt. Ein grässlicher Fehler, wie sich herausstellte. Mit der Kirche ist nicht zu spaßen, sie verzeiht nicht, sie erhebt Ansprüche auf die gesamte Erdkugel, und was am fatalsten ist – sie hat selbst in der hintersten Provinz ihre Agenten. Und deshalb sind die beiden aus der Zone abgehauen und nicht wegen irgendeines neuen Weges. Das, was sie angeblich suchen, befindet sich schließlich dort, von wo sie geflohen sind. Unmengen ausgeplünderter und ausrangierter Menschen und Dinge, die niemand braucht und die man durch keine Magie der Welt in Profit und Spektakel verwandeln kann.

Warum haben sie mir überhaupt geschrieben?

Um mir mitzuteilen, dass man mein Foto wie ein Souvenir verkauft. Es stimmt. Die Souvenirläden der Holding verkaufen mein Portrait, einen stilisierten Steckbrief der Polizei. Nebenbei gesagt, es handelt sich um eine Fälschung, denn die Polizei hat nie einen Steckbrief von mir herausgegeben, da sie keine Ahnung von meiner Identität hatte, bis ich mich gestellt habe. Das Gefängnis, in dem ich war, verwandeln sie in eine goldene Gans, es wird in ein Hotel umgestaltet, die Zimmer sind die Zellen, in denen bekannte Kriegsverbrecher, Massenmörder, Pädophile, Terroristen und vergleichbare Typen gesessen haben.

Oder um mir mitzuteilen, dass sie mich beobachten! Der Große Gärtner is watching me.

Dämlich und nicht gerade originell.

Oder sie wollten mir das Museum des Verbrechens ans Herz legen.

Das Museum des Verbrechens ist keine besondere Neuigkeit in dieser Gegend. In jeder Broschüre liest man, dass sich zehn Kilometer flussaufwärts von Krems die Ruinen des Schlosses Dürnstein befinden, in dessen Keller 1192 Richard Löwenherz eingekerkert war, und Horden von Touristen besichtigen tagtäglich den Ort seiner Gefangenschaft. Doch Löwenherz war weder dort gelandet, weil er 1189 in London die Juden abschlachten ließ, noch weil er 1191 im Heiligen Land dreitausend gefangene Angehörige von Saladins Herr liquidierte, darunter viele Kinder und Frauen. Er landete dort, weil er sich – genau wie Gärtner – verrechnet hatte. Er machte den falschen Mann einen Kopf kürzer. Bei seiner Rückkehr von einem Kreuzzug, kurz vor Weihnachten 1192, schnappte ihn sich Leopold V, der Onkel des getöteten Conrad von Montferrato, und warf ihn in den Kerker. Die Kirche hatte damals – genauso wie heute – viele Sympathien für Verbrechen und Verbrecher und ließ anstelle des Mörders Leopold V exkommunizieren. Doch das half nichts, Leopold war die Mitgliedschaft in Gottes Herde schnuppe, und so saß Löwenherz zwei volle Jahre. Am Ende wurde er entlassen, aber nicht etwa deshalb, weil er seine Unschuld bewiesen hätte, sondern nachdem man Leopold 65.000 Pfund Sterling hatte zukommen lassen, und im Knast hatte er außerdem ein Gedicht geschrieben, das keinen Pfifferling wert war.

Diesem schlechten Dichter und Massenmörder setzten die Engländer ein Denkmal in Westminster. Schon wieder dämlich und wenig originell. Überall in der Welt werden für Gewalttäter und Mörder, Parasiten, die als Adelige, königliche Familienangehörige, Generäle oder Politiker bekannt sind, Denkmäler errichtet und Straßen, Plätze und Paläste nach ihnen benannt, ohne dass diese je etwas Nutzbringendes getan hätten. Dieser Prinz William zum Beispiel. Was hat der schon Nützliches getan? Hat er je die Stahlplatten eines Schiffsrumpfes verschweißt, einen Baum gepflanzt, ein Fenster in dem Hochhaus am Westindia Quay eingesetzt, dort, wo eines Sommers in einem U-Bahn-Wagen, in dem sich Fraktalfrau und ich befanden, ein junger Arbeiter einstieg, seine Schuhe hatten Stahlkappen, seine Hose war mit frischem Beton bespritzt, er setzte sich auf den Boden, er zog den Irish Independent aus seiner Ledertasche und vertiefte sich in die Lektüre. Nichts davon hat Prinz William je getan, noch war er je von irgendwelchem Nutzen, er hat sich nur haltlos vergnügt und wie eine Zecke das Geld der Steuerzahler in sich aufgesaugt.

Und wenn wir schon von Parasiten und Massenmördern sprechen – wie viele Denkmäler, Plätze und Straßen sind erst nach Hernán Cortes benannt.

»Mit jedem neuen Schiff kamen neue Vandalen, frisch gebackene Mörder. Vandalen und Mörder, denen es nicht reichte zu plündern, zu rauben, zu vergewaltigen und alles Lebendige auszurotten, sie stürzten sich wie die Teufel selbst auch auf das Land, schändeten es, zerstörten die Götter, die es beschützten, tilgten jede Spur von Kultur und geistigem Leben und ließen nicht von ihren Verwüstungen ab, bis sich ihnen ihre eigenen schrecklichen Gespenster entgegenstellten«.

Ist das eine Kurzfassung des Drehbuchs für einen B-Horrorfilm?

Nein.

Es handelt sich um eine Kurzfassung der amerikanischen Geschichte aus *The Books in My Life* von Henry Miller.

In Amerika stehen die Dinge auch heute kaum anders. Das Böse glitzert am amerikanischen Nachthimmel, Winnie the Pooh ist ein Menschenfresser, die Kinder in Iowa weinen, weil ihre Väter in schwarzen Plastiksäcken zurück aus Asien und Afrika kommen, und Vater und Sohn Bush treffen in der Hölle ihre eigenen schrecklichen Gespenster. Beide werden heute in Amerika unter dem Label »Die Jungs, die den Irak abgefackelt und einen halbe Million Zivilisten getötet haben« gehandelt, und auch die Mörder *aus der Nachbarschaft* gehen gut – eine Million Besucher jährlich bewundern die Köpfe von Sirhan Sirhan, L. H. Oswald, Mark Chapman und Charles Manson, die in die Südfelsen des El Capitan am Yosemite-Tal in Kalifornien eingemeißelt sind.

Schlaue Köpfe haben seit Urzeiten und überall auf der Welt gewusst, wie man aus allem Geld macht. Die Formel ist immer schon einfach gewesen.

EIN HÖLZERNES KREUZ + LEIDEN + EIN SPEKTAKEL = GELD

PATRIOTISMUS + ABSCHLACHTEN + EIN SPEKTAKEL = GELD

LIEBE + LEIDEN + EIN SPEKTAKEL = GELD

SCHMUTZIGE WÄSCHE + EIN SPEKTAKEL = GELD

Die heutige Formel lautet:

VERBRECHEN + PERVERSION + EIN SPEKTAKEL = GELD

Die Menge ist verrückt danach, nicht einmal die größten Optimisten konnten auf einen solchen Erfolg hoffen.

Die Österreicher haben den stärksten Trumpf auf den Tisch geworfen – auf dem ehemaligen Beethovenplatz in Wien haben sie ein Denkmal für den Gefreiten Adolf Hitler errichtet und haben den Platz nach ihm umbenannt, und sein Geburtshaus in Braunau am Inn ist schon in der zweiten Saison in Folge ein absoluter Hit. Währenddessen machen die Franzosen auf höhere Dienstgrade. Dort rollt der Rubel, wenn es um General Pétain geht. Und General de Gaulle und General Jacques Mass wurden wieder zu einem Markenzeichen unter dem Label »Typen, die anderthalb Millionen Algerier um die Ecke gebracht haben«. In Kroatien wurden solche Monster wie zum Beispiel der Führer Ante Pavelić oder der Ustascha-

Psychopath Rafael Boban, die lange eingemottet waren, in den neunziger Jahren des vergangenen Jahrhunderts wieder ans Licht gezerrt, und sie sind bis heute heiß begehrte Ware. In Deutschland gibt es psychopathische Massenmörder im Überfluss, welch reiche Geschichte. Jetzt werden auch sie behutsam, einer nach dem anderen, von den Mottenkugeln befreit, und so sind sie also für die nächsten hundert Jahre gut versorgt. Die Reisearrangements nach Sibirien, inklusive eines siebentägigen Aktivurlaubs in den Gulags, sind schon für einige Saisons im Voraus ausgebucht. Touren in den Fernen Osten sind völlig undenkbar ohne eine Besichtigung der Residenz von Pol Pot, dort ist das gefragteste Souvenir eine Elfenbeinminiatur des Regals mit den Schädeln seiner Opfer – die Liste ließe sich beliebig verlängern.

In dem Museum in Krems an der Donau ist Josef Fritzl die unbestrittene Nummer eins. In der Schlange vor seiner Zelle wartet man wie einst vor Leonardos Mona Lisa im Louvre. Unter dem Podest seiner Büste im Stadtpark, direkt neben dem Denkmal »für die Helden der Pflichterfüllung 1914 – 1918«, liegen immer frische Blumen.

Und was hat dieser Typ geleistet?

Am Ende des letzten Jahrhunderts hat er die eigene Tochter vierundzwanzig Jahre lang im Keller gefangen gehalten, misshandelt und vergewaltigt und sie auf diese Art gezwungen, sieben Kinder zu gebären.

Er bekam lebenslänglich.

De Gaulle und Bush Vater und Sohn wurden zum Beispiel nicht bestraft.

Heute habe ich im Esszimmer den Alten getroffen. Er saß wie immer am Tisch neben dem Fenster. Ich habe ihm zugenickt und setzte mich an den Tisch neben ihm. Er hat durch nichts zu verstehen gegeben, dass er mich bemerkte. Er kaute auf etwas herum und schlürfte seinen Kaffee.

Während ich auf meinen Kaffee wartete, betrachtete ich die Fotos an den Wänden. Alte Fotos, aufgenommen während der großen Flutkatastrophen in dieser Gegend. An der Wand des Esszimmers, zehn Zentimeter oberhalb der Tür, hat jemand den Wasserpegel bezeichnet, der bei einer Überschwemmung in den sechziger Jahren des letzten Jahrhunderts erreicht worden war. Vielleicht sind die Atome, aus denen ich heute zusammengesetzt bin, damals ein Teil der Wasserwelle gewesen, warum nicht? Fraktalfrau pflegte manchmal über ähnliche Verrücktheiten zu philosophieren. Ich erinnere mich an ihre Geschichte über einen Traum, in dem wir uns getrennt hatten, und auf der Suche nach einander reisten wir in Zügen und konnten uns immer nur für einen Augenblick durch das Fenster sehen, während ein Zug in den Bahnhof einfuhr und der andere losfuhr, und dieser Traum verfolgte sie monatelang. Einmal warst du so nahe, du hast am Fenster gesessen und ein Buch gelesen, und ich saß am Fenster des Zuges, der gerade den Bahnhof verließ, du warst in Reichweite.

Bald darauf erschien Gärtner auf der Bildfläche, und die Dinge entwickelten sich schlecht. Unsere Züge sind sich nie mehr begegnet.

Dann hörte ich den Alten sprechen.

In diesem Kaff, sagte er, gibt es keinen anständigen CD-Laden.

Entschuldigung?, sagte ich.

Es gibt eine Menge Frisörsalons und einen Laden für Frauenschlüpfer, setzte der Alte fort, als gäbe es mich nicht, es gibt auch dieses Museum für Idioten, aber keinen Ort, an dem man eine gute CD mit klassischer Musik kaufen kann. Was ist bloß mit den Menschen los?

Der Alte sagte die Wahrheit, was die Frauenschlüpfer betraf. Die Unmenge von Geschäften für Frauenunterwäsche konnte einem wirklich nicht entgehen. Diese Haufen von Schlüpfern in den Schaufenstern, rot, schwarz, durchsichtig, mit Leopardenfellmuster, mit Spitze, ohne Spitze – sie springen einem buchstäblich ins Auge, und man fragt sich, wer zum Teufel soll so viele Schlüpfer kaufen, und wer soll sie alle tragen.

Ich glaube, dass die heutigen Männer Frauenschlüpfer tragen, sagte der Alte und erriet damit genau meine Gedanken. Er fügte hinzu: In jedem Keller hier hockt ein Fritzl.

Nach welcher CD suchen Sie denn?, fragte ich ihn.

Er hob seinen Kopf und sah mir in die Augen.

Nach gar keiner, sagte er, ich habe nur bemerkt, dass die Welt zum Teufel gegangen ist.

Er blickte mich mit ruhigem Gesichtsausdruck an. Ich ertrug seinen Blick, ohne dass er mir unangenehm gewesen wäre, vielmehr fühlte ich mich wohl, während ich in seine Augen schaute.

Die Sängerin, die Sie häufig hören, wer ist das?, fragte ich.

Kennen Sie sich mit klassischer Musik aus?

Nein. Aber ihre Stimme gefällt mir. Ich weiß nicht, wovon sie singt, aber ich glaube an alles, was sie sagt.

Ach, Janet Baker, sagte der Alte verliebt und senkte seinen Blick wieder.

Die verbleibende Zeit des Frühstücks verbrachten wir schweigend. Ich war mit den Gedanken bei Fraktalfrau und Gärtner. Ich spürte, dass sie immer noch hier waren, in der Nähe, aber bald würden sie weiterziehen, vielleicht schon heute. Und ich versuchte, vorauszusehen, wohin sie gehen würden. Es konnte kein Zufall sein, dass mir Fraktalfrau das Café Hummel als ersten Köder vorgeworfen hatte. In der Nähe dieses Cafés wohnten wir vor ungefähr zehn Jahren bei irgendwelchen Bekannten von der Grünen Aktion, als wir in Wien eine Ausbildung zu gewaltlosem Widerstand absolvierten. Dieses alte Kaffeehaus mit seinen schweren, roten Plüschvorhängen vor den Türen, mit Stühlen aus Kunstleder und mit seinem Tabakgeruch hatte uns damals gut gefallen, und wir haben oft erwähnt, dass wir irgendwann einmal wieder auf einen Kaffee dorthin kommen würden. Doch wir taten es nie. Es war gut möglich, dass sie auch als nächstes Ziel einen Ort auswählen würde, an dem wir einmal gemeinsam gewesen waren, aber welchen?

Wenn ich fliehen müsste, würde ich mich nicht vom Fleck rühren. Das ist nicht meine Idee, das hat ein Schlangenjäger in einem alten Film gesagt: Die beste Art zu fliehen, ist, sich reglos zu verhalten, sich nicht vom Fleck zu rühren.

Es überraschte mich, dass mich der Gedanke an Fraktalfrau nicht aufwühlte. Ich fühlte nicht einmal Traurigkeit. Mit der Zeit war all das von mir abgefallen. Eigentlich tat mir die Sorge um sie und um Gärtner und um die Witwe weh, der Gedanke daran, ob ich sie finden würde oder nicht, und daran, was hätte sein können, was aber nicht war. Ich tue all das hier nur wegen des monatlichen Honorars, das noch für eine unbestimmte Zeit kommen wird. Gewiss ist nur, dass die Witwe langsam die Geduld verliert, aber ihr Hass lodert noch immer. Dann hörte ich wieder den Alten. Er stand in der Tür des Esszimmers.

Kommen Sie, lud er mich ein.

Sein Zimmer war etwas größer als meins, und es hatte auch einen Balkon.

Das ist alles, was ich brauche, sagte er und zeigte mit der Hand um sich.

Zwei große, selbstgebaute Lautsprecherboxen, ein alter Verstärker mit analogem VU-Meter, ein Plattenspieler und ein CD-Player. Ein Regal, gefüllt mit CDs. Auf dem Tisch ein Laptop. In einer Nische stand eine Kommode, darauf ein Elektrokocher und eine Teekanne. Auf dem Regalbrett darüber Tassen und Untertassen, Dosen mit Kaffee und Tee.

Ich habe es meinem Sohn und meiner Schwiegertochter überlassen, setzte er fort, diese Pension zu leiten, und sie haben sich notariell verpflichtet, mich bis an mein Lebensende hier wohnen zu lassen.

Ich lachte. Ich hatte nicht gewusst, dass er der Besitzer dieser Pension war, und ich hatte es auch nicht aus seinem zurückhaltenden Benehmen dem Personal und jenem Paar in mittleren Jahren gegenüber schließen können, von dem ich angenommen hatte, dass sie die Besitzer seien. Ich dachte, er sei hier Gast.

Warum lachen Sie? Heutzutage können Sie kaum wissen, wie jemand ist, bis Sie in Unannehmlichkeiten geraten. Und ich wollte nicht auf der Straße enden, derartige Überraschungen liegen mir nicht. Aber hören Sie sich das mal an.

Auf dem Monitor des Laptops tauchte in dem Mediaplayer-Fenster eine Frau in einem violetten, ärmellosen Kleid mit kurzem, lockigem Haar auf. Hinter ihr saßen Geigenspieler. Der Alte klickte auf das lilafarbene Play-Dreieck und setzte sich auf das Bett.

Das Orchester brachte das Zimmer zum Schwingen, und dieses Schwingen hielt einige Takte lang an. Dann schnitt die Querflöte einen Riss in die Melodie, und dann floss die Stimme wie ein Bach durch das Eis:

> Hebe dein Augenlid
> das jungfräulich schläft
> denn ich bin der Geist der Rose
> die du auf dem Ball getragen hast.

Ich war überhaupt nicht auf diese Stimme vorbereitet, obwohl ich sie schon einige Male gehört hatte, allerdings nur durch die Wand. Doch jetzt spürte ich plötzlich ein Kribbeln an meinem Rückgrat, ich spürte, wie sich jedes Härchen an meinem Körper aufrichtete, eines nach dem anderen. Ich begriff nicht, was mit mir vor sich ging. Ich schaute den Alten an. Er saß aufrecht und mit geschlossenen Augen auf dem Rand des Bettes. Die Hände lagen in seinem Schoß, er atmete ruhig, und aus den Schlitzen zwischen seinen Augenlidern flossen Tränen. Eine Zeit lang starrte ich ihn wie verzaubert an, aber dann verspürte ich ein Unbehagen. Als hätte ich heimlich ein Liebespaar beobachtet. Ich schlich mich leise aus dem Zimmer und schloss die Tür hinter mir.

# Achtes Kapitel

*Binde die Wolke – Dunkle Kapuzen – Der Schwachsinnige und die Macht – Die Verfassung und Vidas drei Kündigungen*

AUS DEM REGELKATALOG DES SPIELS »BINDE DIE WOLKE«, VERÖFFENLICHT IN DER BROSCHÜRE »PRÄDATORENKAPITALISMUS FÜR AUSSERIRDISCHE«, HERAUSGEGEBEN VON DER GRUPPE FÜR DIREKTE AKTION »DIE UNGENIESSBAREN«:

»Da jeder Mensch einzigartig und einmalig ist,
da jeder sein Leben lebt, das niemandem und nichts ähnelt,
da ein Wettbewerb nur dann Sinn hat, wenn identische Einzelne gegeneinander antreten,
da solche Einzelnen in der Natur nicht existieren,
da Sieg – Niederlage, besser – schlechter, langsamer – schneller, schwächer – stärker, Verlust – Gewinn und dergleichen ebenfalls in der Natur nicht existent sind,
da all das Kategorien sind, die der Mensch erfunden hat und die nur im menschlichen Hirn existieren,
IST JEDER WETTBEWERB SINNLOS

Das Spiel ›Binde die Wolke‹ ist kein Wettbewerbsspiel.

Das Ziel des Spieles ist es zu spielen.

Mit diesem Spiel kann man keinen materiellen Gewinn erzielen, keinen Ruhm, keinen Vorteil oder irgendeinen anderen Nutzen.

An diesem Spiel können sich alle Wesen beteiligen, ungeachtet ihrer Spezies, ihres Geschlechts, ihres Alters, ihrer Nationalität, ihrer Rasse, ihrer Religionszugehörigkeit, ihrer Herkunft, ihres Ordens, ihrer Klasse und Ähnlichem.

Das Spiel ist weder bezüglich der Teilnehmerzahl noch der Zeit, noch des Raumes begrenzt.

Für den Spieler beginnt das Spiel in dem Moment, in dem er sich dem Spiel anschließt, und es endet, wenn er aus dem Spiel aussteigt.

Jeder kann sich dem Spiel anschließen und wieder aussteigen, wann er möchte.«

Die Anfänge des Spieles reichen in die neunziger Jahre des zwanzigsten Jahrhunderts zurück, und seine Ursprünge werden den Dunklen Kapuzen zugeschrieben, einer bunten Gesellschaft aus entlassenen Arbeitern, Rentnern und jungen, verzweifelten Arbeitslosen. Sie ernährten sich vorwiegend, indem sie in Abfällen herumwühlten, wobei sie aus Scham Kapuzen überzogen, da sie vermeiden wollten, dass jemand ihr Gesicht sieht. Im Unterschied zu den *freegans*, ihren internationalen Halbbrüdern, angelten die Dunklen Kapuzen nicht wegen einer Anti-Konsumhaltung in den Müllcontainern herum, sondern aus nackter Not.

In Zagreb zogen viele Menschen Kapuzen über, um nicht vor Hunger und Scham umzukommen. Jeder hatte sein eigenes Territorium, die Stadt war durch ungeschriebene Gesetze in zahlreiche Zonen aufgeteilt, und es konnte zu heftigen Auseinandersetzungen kommen, wenn jemand seine Hände in fremde Mülltonnen oder Container steckte. Das dauerte Jahre an, und es sah nicht so aus, als ob sich die Dinge für die Dunklen Kapuzen zum Besseren wenden würden. Sie waren mehr oder weniger ausgehungert, sie waren schmutzig, durchgefroren, sie liefen in Lumpen herum und schliefen irgendwo.

Der eine in einem Lift, der zwischen zwei Etagen steckengeblieben ist, der andere in einer Straßenbahn, deren Stromversorgung ausgefallen ist. Wer ist besser dran?

Und dann trafen sich angeblich einmal zwei Dunkle Kapuzen in einem Park. Sie setzten sich auf den Rasen, jeder stellte ein Tütchen mit seiner Beute vor sich hin und begann schweigend zu essen. Der eine hatte eine abgelaufene Dose mit Schinken und drei verschrumpelte grüne Paprika aus einem Container gefischt. Der andere hatte ein halbes Glas schwarzer Oliven und eine angebrochene Packung Löffelbiskuits gefunden.

Nach einigen Bissen blickte der erste seinen Kollegen an und schlug ihm vor, die Beute zu teilen, das heißt, gemeinsam zu Mittag zu essen. Dieser dachte kurz nach und willigte dann ein. Anstatt dass der eine den Schinken und die verschrumpelte Paprika und der andere die Oliven und die Löffelbiskuits aß, hatten beide Schinken mit schwarzen Oliven und Paprika zum Mittagessen und als Dessert Löffelbiskuits.

An diesem Tag vereinigten sie sich.

Morgens vereinbarten sie beim Frühstück und beim Kaffee, nach welchem System sie das Terrain absuchen sollten, dann arbeiteten sie zwei, drei Stunden, und den Rest des Tages hatten sie für sich. Sie faulenzten im Park. Sie lasen Bücher und Zeitschriften, die sie in Papiercontainern gefunden hatten. Sie ließen es sich gutgehen.

Bald schlossen sich ihnen auch andere an. Einige Monate später veranstalteten die vereinigten Dunklen Kapuzen wahre Festgelage in der Stadt. Sie hatten sich die Arbeit aufgeteilt: Die einen gingen auf die Jagd, die anderen hüteten die Kinder, wieder andere sortierten die Beute und die letzte Gruppe bereitete die Mahlzeiten zu.

Gemeinsam genossen sie das Leben.

Die Zusammenarbeit und die Aufteilung der Waren gefielen ihnen so gut, sie erfüllten sie so sehr, dass sie beim Fußball- oder Basketballspielen während ihrer verrückten Picknicks aufhörten, ernsthafte Wettbewerbe auszutragen und die Tore oder Körbe zu zählen. Am Ende spielte nicht eine Mannschaft gegen eine andere, sondern Dutzende von Menschen spielten zur selben Zeit, man spielte sich die Bälle zu, kickte herum, man kam nach Belieben ins Spiel und verließ es wieder, und das Spiel dauerte an, solange sich noch jemand dafür interessierte. Das entspannte sie und machte sie glücklich. Für die Dunklen Kapuzen war es die Zeit des Überflusses und der Gelassenheit.

Nicht nur, dass sie keine Ängste mehr hatten, an denen die unglücklichen Menschen leiden, die einer ständigen Arbeit nachgehen, die Kredite abzuzahlen und daher Angst vor Kündigung oder Zwangsversteigerung haben, die Dunklen Kapuzen MUSSTEN gar nichts mehr. Sie mussten nicht siegen, sich beweisen, sich gegenüber verschiedenen Quälgeistern anständig verhalten (gegenüber Geschäftsführern, Arbeitgebern, Polizisten…).

Wenn ein Polizist von einer Dunklen Kapuze etwa einen Personalausweis verlangte, weil sie zum Beispiel bei Rot eine Ampel überquert hatte, oder wenn ein Polizist eine Dunkle Kapuze in einem Supermarktcontainer vorfand, nachdem er von dem Marktleiter herbeigerufen worden war, da eine solche Tat als Verletzung des Privateigentums angesehen wurde, antwortete die Kapuze, dass sie keinen Personalausweis habe.

> Wie meinen Sie das, Sie haben keinen Personalausweis?
> Ich habe eben keinen.
> Wo wohnen Sie?
> Irgendwo, die Kapuze wies mit der Hand um sich, überall ein bisschen.
> Nach dem Gesetz benötigen Sie einen Personalausweis.
> Ihre Schatten sind Ihre Gesetze, sagte die Dunkle Kapuze lakonisch.
> Wie bitte?
> Und was bedeutet es, die Gesetze anzuerkennen, wenn nicht, sich zu beugen und Schatten auf die Erde zu zeichnen.
> Sie wollen mich wohl auf den Arm nehmen?
> Keineswegs, ich rezitiere einen alten Dichter.
> Trotzdem werde ich Sie irgendwie bestrafen müssen.

Stecken Sie mich doch in den Knast, lachte die Dunkle Kapuze. Oder geben Sie mir eine Wohnung, das läuft auf dasselbe hinaus.

Wie auch immer, andere begannen dem Beispiel der Dunklen Kapuzen zu folgen, sogar jene, die nicht mit der Armut vertraut waren. Zum Beispiel gab es unter den Sportlern immer mehr, die es satt hatten, in Wettkämpfen gegeneinander anzutreten. Etwa professionelle Fußballer, die aufgrund des tollwütigen Trainings, der Spiele und der ständigen Forderung nach Siegen durchdrehten. Es geschah ab und zu, dass der Schiedsrichter den Beginn des Spiels anpfiff und dass sich dann drei, vier Spieler aus beiden Teams auf den Rasen hockten und sich freundschaftlich zu unterhalten begannen. Dass 100 Meter-Sprinter zwanzig, dreißig Meter liefen und dann einfach die Bahn verließen und den Hochspringern zuschauten. Und diese schlossen sich dann den Läufern an, und gemeinsam schauten sie den Speerwerfern zu.

Dass der Teilnehmer eines Quiz die Antwort auf eine Frage verweigerte.

Ich weiß, sagte er, wie die richtige Antwort lautet, aber ich möchte sie nicht sagen. Und dann spazierte er aus dem Fernsehstudio.

Dass ein Geschäftsführer sich weigerte, die Arbeiter dazu anzutreiben, die irrational hoch angesetzte Norm zu erfüllen.

Langsamer, lieber Kollege, es geht hier nicht um Leben oder Tod.

Dass ein Verkäufer zu einem Kunden sagte: Seien Sie nicht verrückt, wozu brauchen Sie denn neue Schuhe?

Sie haben doch ein ganz anständiges Paar an den Füßen, Sie können Ihr Geld für etwas anderes ausgeben, oder zerreißen Sie doch einfach die Banknoten und werfen Sie sie in den Müll.

Oder: Wozu brauchen Sie ein neues Handy? Nicht einmal das, was Sie haben, brauchen Sie wirklich, das frisst doch nur Geld, werfen Sie es endlich weg.

Not und die Antikonsumhaltung hoben eine glückliche Bruderschaft aus der Taufe. Menschen, etliche tausend – und mit jedem Tag wurden es mehr und mehr –, die einen großen Bogen um die Shoppingzentren machten, keine Kredite mehr aufnahmen, nicht in den Fernseher glotzten, nicht zehn oder zwölf Stunden am Tag schufteten, die einfach viel Zeit für sich, ihre Kinder und ihre Freunde hatten.

Eine derartige Provokation konnte die Regierung nicht dulden.

Welche Regierung braucht schon glückliche und kluge Menschen?

Keine.

Glückliche und kluge Menschen kann man unmöglich beherrschen, man kann ihnen nicht sagen, was sie zu tun und zu lassen haben.

Meiner Meinung nach ist der menschliche Körper eine Maschine, so räsonierte ein Schwachsinniger im 17. Jahrhundert. Mein Gedanke vergleicht einen kranken Menschen mit einer schlecht konstruierten Uhr.

Wir glauben, dass die Verbrauchergesellschaft ein Blutkreislauf ist, räsonierte die kroatische Regierung Anfang des 21. Jahrhunderts. Alles, was Teil dieses Blutkreislaufes ist, ist gut und gesund. Das, was nicht an den Blutkreislauf angeschlossen ist, ist krank und muss entfernt werden.

Nach diesem Maßstab konnte man die Dunklen Kapuzen keineswegs als Teil des Blutkreislaufes betrachten. Sie verdienten nichts, sie bezahlten keine Steuern, sie verbrauchten nichts, sie waren völlig ungenießbar – vom Standpunkt der Regierung aus betrachtet. Schlecht konstruierte Uhren.

Es war nur eine Frage der Zeit, wann die Regierung einen Weg finden würde, sie zu beseitigen.

Ivan Vida, der Kriegsveteran, schloss sich den Dunklen Kapuzen einige Wochen nach seiner Wanderung durch das Velebit-Gebirge an, auf der er von einer Schlange gebissen wurde und auf der er fast dem Mann die Fresse poliert hätte, der ihm wahrscheinlich das Leben gerettet hatte. Er war ins Velebit-Gebirge gegangen, nachdem ihm in kaum zwei Monaten dreimal gekündigt worden war.

In der gleichen Sprache, in der Artikel 55 der Verfassung geschrieben ist, in dem festgelegt wird, dass jeder ein Recht auf Arbeit und Freiheit der Arbeit hat, sowie dass

jeder frei seinen Beruf und seinen Arbeitsplatz wählen kann und dass jedem unter den gleichen Bedingungen jede Arbeitsstelle und jede Arbeitsposition zugänglich sein muss;

in der gleichen Sprache, in der Artikel 56 der Verfassung geschrieben ist, in dem Folgendes steht:

Jeder Beschäftigte hat das Recht auf eine Entlohnung, mit der er sich selbst und seiner Familie ein freies und würdiges Leben ermöglichen kann.

Die Höchstarbeitszeit ist gesetzlich geregelt.

Jeder Beschäftigte hat das Recht auf eine Ruhepause am Wochenende und einen bezahlten Jahresurlaub, und er darf auf diese Rechte nicht verzichten.

Die Beschäftigten können sich im Einklang mit den Gesetzen an den Entscheidungen ihrer Firma beteiligen.

In der gleichen Sprache, in der Artikel 58 der Verfassung geschrieben ist, der festlegt, dass der Staat allen Schwachen, Hilfsbedürftigen, Arbeitslosen, Arbeitsunfähigen und Obdachlosen Mittel zur Verfügung stellt, die zur Deckung der grundlegenden Lebensbedürfnisse hinreichen, während eine besondere Aufmerksamkeit des Staates der Fürsorge für Invalide, Kriegsveteranen, Witwen und Kinder gefallener Landesverteidiger gilt, und der viele weitere Lügen umfasst,

in ebendieser Sprache waren alle drei Kündigungsschreiben an Ivan Vida verfasst.

Zunächst wurde ihm bei den Einsatztruppen der Polizei gekündigt, weil er dem Einsatzleiter die Fresse polierte, der ihm befohlen hatte, auf einen Studenten einzuschlagen. Er wurde zu einer psychiatrischen Untersuchung überstellt, in dessen Verlauf er dem Psychiater die Fresse polierte, der ihm dumme Fragen gestellt hatte, zum Beispiel: Betrachten Sie sich als eine aggressive Persönlichkeit? Dann kündigte man ihm mit dem Vermerk »Psychisch labil, zu empfindlich und aggressiv«.

Daraufhin polierte er dem Besitzer einer privaten Security-Firma die Fresse, der ihn angeschrien und mit Kündigung gedroht hatte. Vida hatte sich geweigert, die

Sicherung der Villa des ehemaligen Gesundheitsministers zu übernehmen, eines Kriegsverbrechers und Profiteurs.

Und kurze Zeit später wurde ihm in einem Supermarkt gekündigt, weil er sich weigerte, importierte Ware, deren Verfallsdatum abgelaufen war, neu zu verpacken und mit einem Etikett zu versehen, auf dem CROATIAN QUALITY zu lesen war.

Er ging in die Berge, um eine Antwort auf die Frage zu finden, warum ihm all das widerfuhr, doch die Berge blieben stumm. Sie kümmerten sich nicht um ihn. Menschliche Probleme interessierten sie nicht. Sie schwiegen nur und ließen die Wolken ihre Schatten auf sie werfen.

Zurückgekehrt nach Zagreb, sagte ihm seine Frau Ljerka Vida, eine Schneiderin, die in einer Kleiderfabrik arbeitete, er möge sich nicht zu viele Sorgen machen, er solle zu Hause bei ihrem Sohn bleiben, viele in seinem Alter würden schon trinken und Drogen nehmen, es seien halt solche Zeiten, er möge auf den Sohn aufpassen und ihm Vater sein, sie würden schon irgendwie zurechtkommen, sie würden wohl nicht vor Hunger sterben, von so einem Fall hätte sie noch nie gehört.

Und so wurde Vida zum Hausmann und fand sich in seiner neuen Rolle gut zurecht. Es beruhigte ihn, auf den Markt zu gehen, einfache Mahlzeiten zuzubereiten, das Geschirr abzuwaschen, die Wohnung aufzuräumen, mit seinem Sohn zu sprechen, der ihm im Haushalt half. Und dann geschah etwas, was Vidas Leben auf den Kopf stellte, so dass auch er plötzlich auf dem Kopf stand, wie so viele Dinge um ihn herum auch. Eines Morgens traf er im Treppenhaus einen Nachbarn, der genau wie er Kriegsveteran ohne Arbeit war und der eine volle Einkaufstüte schleppte. Vida grüßte ihn und fragte:

Oho, Herr Nachbar, wohl im Lotto gewonnen?

Und dieser erwiderte:

Ja, bei diesem Lotto gewinnt jeder, der mitmacht.

Dann erzählte er ihm von den Dunklen Kapuzen und den Unmengen von Lebensmitteln in den Containern rund um die Einkaufszentren und Supermärkte, die nur darauf warteten, eingesammelt zu werden von den netten Menschen in dieser Gruppe, die aus armen, aber heiteren Mitgliedern bestand, von ihren gemeinsamen Ausflügen und Sportveranstaltungen ...

Vida konnte sich nur schwer vorstellen, in einem Container herumzuwühlen, der bloße Gedanke daran war ihm unangenehm. Er wurde rot, er stöhnte auf und winkte mit der Hand ab, das war doch menschenunwürdig, nur Zigeuner würden so etwas machen, Zigeuner und völlig Verzweifelte, aber dann ging ihm auf, dass auch er nichts anderes als ein völlig Verzweifelter war, und so entschloss er sich, gemeinsam mit dem Nachbarn in Aktion zu treten – wie dieser das Sammeln von Lebensmitteln genannt hatte. Die Gruppe bestand aus Personen seiner Generation, anständigen Familienmenschen, und bei der Rückkehr nach Hause mit einer Tüte voller Lebensmittel dachte er, dass ihm all das doch nicht so unangenehm war, eigentlich gar nicht, sie hatten ja nur Dinge mitgenommen, die auf dem Müll gelandet wären, als Nahrung für Ratten, Flussmöwen und Würmer, und außerdem war die Gesellschaft ganz erträglich gewesen, zum Teufel noch mal, er hatte richtig Spaß gehabt, vor allem als er an die Security-Männer geraten war, die sie vom Hinterhof des Einkaufszentrums vertreiben wollten. Vida hätte schwer Lust gehabt, einige Nasen einzuschlagen, aber die Jungs waren so weise, sich schnell zurückzuziehen und die Polizei zu rufen, doch die Polizisten waren noch weiser, sie fuhren nur an ihnen vorbei und kümmerten sich um ihre eigenen Angelegenheiten.

Das alles erzählte er später seiner Frau und zeigte ihr die Lebensmittel, die er mitgebracht hatte, und sie nickte lächelnd und wohlwollend, sie hatte natürlich schon von den Dunklen Kapuzen gehört, die Familien einiger Frauen, die in der gleichen Fabrik wie sie arbeiteten, hielten sich schon seit längerer Zeit so über Wasser, sie war sogar selbst einige Male mit ihnen zum kostenlosen Shopping gegangen, aber sie hatte sich nicht getraut, ihm davon zu erzählen, und noch weniger, ihm vorzuschlagen, sich diesen Aktivitäten anzuschließen, sie hatte geglaubt, dass er wütend werden würde, denn sie wusste, wie schwer und eigenwillig er war, es war fantastisch, dass er es jetzt selbst entdeckt hatte, und natürlich würde auch sie immer, wenn ihre Arbeit es zulassen würde, mit ihm losziehen.

Und Vida kam es plötzlich so vor, als hätte er in den Supermarktcontainern die Antworten auf die Fragen gefunden, die ihn bisher gequält hatten, und die Dunklen Kapuzen erschienen ihm nun als Kameraden, wie er sie nur im Krieg gehabt hatte.

# Neuntes Kapitel

*Vida und Jokić unterhalten sich über den Krieg – Die Stadt der Massakrierten – Einzelzellen aus menschlicher Haut*

Einige Tage sind seit Vidas Unfall vergangen. Sein Sprunggelenk tut immer noch weh, er muss sich auf einen Stock stützen. Er schöpft mit seinen Händen Wasser aus einem großen Steinbrunnen, er wäscht sich und gießt sich Wasser über Kopf und Nacken, und Jokić steht neben ihm, zeigt in Richtung der felsigen Gipfel und Klippen, der sattgrünen Hänge und Hochebenen, auf denen Felsbrocken und Haine mit verkrüppelten Bäumchen verstreut sind. Er sagt:

Ich könnte mich hier monatelang, sogar jahrelang verstecken, ohne dass mich jemand findet.

Na und, sagt Vida und gießt sich Wasser in seinen Schlauch. Er beobachtet einen Teichmolch, der vom anderen Ende des Brunnens aus den Wasserpflanzen herüberspäht.

Schon gut, nicht wichtig.

Etwas später setzen sie sich in den spärlichen Schatten eines Baums an einem Hang mit Blick auf die Südseite des Velebits, auf die felsige Bukovica mit einigen wenigen grünen Oasen und roten Flecken aus Hausdächern, auf das Meer und die Inseln. Ohne böse Absicht glüht die Sonne unbarmherzig.

Wann wird es endlich regnen?, sagt Vida vor sich hin und lässt seinen Blick über die verbrannte Hochebene kreisen.

Niemals, hört er Jokić sagen.

Wahrscheinlich fragst du dich die ganze Zeit, was ich hier suche, Vida wechselt das Thema ohne Vorwarnung.

Das hier ist ein freies Land, sagt Jokić, der Mensch kann laufen, wohin es ihm beliebt.

Das würde ich nicht unbedingt sagen, Vida schaut ihn an. Es gibt immer mehr Hinweisschilder, auf denen steht: Privatbesitz – Kein Zutritt, und es ist nur eine Frage der Zeit, wann uns für das Laufen nur noch schmale Korridore zwischen irgendwelchen Privatparzellen zur Verfügung stehen.

Wie die Korridore für Flugzeuge, schlägt Jokić vor.

Genau so, stimmt Vida zu.

Es freut mich, dass ich das nicht mehr erleben werde, sagt Jokić.

Du fragst dich sicher, Vida kehrt zum Thema zurück, was ich hier eigentlich tue.

Ich kann nicht behaupten, dass ich mir diese Frage noch nicht gestellt hätte, sagt Jokić vorsichtig.

Ich war vor zehn Jahren schon einmal in dieser Gegend, sagt Vida und spürt Jokićs Anspannung.

In Uniform vermutlich, sagt Jokić.

In Uniform, bestätigt Vida.

Ich wusste es, Jokić holt eine Stahlnadel aus seiner Hemdtasche und reicht sie Vida.

Vida nimmt den Schlagbolzen seiner Pistole und nickt.

Ich habe geahnt, dass du in meinem Zelt herumgewühlt hast, sagt er.

Sei nicht beleidigt, sagt Jokić, aber ich musste das tun. Ich habe in den letzten Jahren keine guten Erfahrungen mit Unbekannten gemacht.

Schon in Ordnung, sagt Vida, ich hätte an deiner Stelle das gleiche getan.

Bei den Felsen da hinten, Jokić weist mit dem Kopf in Richtung Norden, lagen unsere Minenwerfer.

Und da unten waren eure Haubitzen, sagt Vida und zeigt auf eine quadratische Ebene, die unter ihnen liegt.

Genau, woher weißt du das?

Ich weiß es eben.

Du warst in der Vorhut?

Ja.

Ich saß an den Minenwerfern.

Vida nickt mit dem Kopf.

Mensch, Jokić schnauft und nimmt Zigaretten aus seiner Tasche.

Was denn, Mensch?, fragt Vida.

Und jetzt sitzen wir hier und unterhalten uns, das meine ich, er reicht Vida die Zigarettenschachtel.

Vida nimmt eine Zigarette, neigt den Kopf zu Jokić und wartet darauf, dass dieser ihm die Zigarette anzündet.

Was sollen wir denn tun, uns gegenseitig verprügeln?

Nein, sagt Jokić, aber ich habe es mir nicht so vorgestellt.

Wie hast du es dir denn vorgestellt.

Gar nicht. Ich hätte nie geglaubt, dass ich je mit einem Kroaten zusammensitzen und mich über … über solche Dinge unterhalten würde.

Eine Zeit lang rauchen sie schweigend, jeder versunken in die eigenen Gedanken.

Und worüber unterhältst du dich sonst, wenn du einen Kroaten triffst?, fragt Vida.

Da kann man kaum von großen Unterhaltungen sprechen, sagte Jokić säuerlich. Wir laufen aneinander vorbei, als existierten wir nicht.

Ich verstehe, sagte Vida. Bist du nach dem Krieg hiergeblieben?

Gott bewahre, sagt Jokić, ich bin mit meiner Familie nach Bosnien abgehauen. Wir sind erst vor zwei Jahren zurückgekommen.

Du bist verheiratet?

Jokić nickt.

Habt ihr Kinder?

Einen Sohn.

Wir auch.

Ich hatte viel Zeit zum Nachdenken, dort in Bosnien, sagte Jokić, weißt du, ich hatte es mir ja nicht ausgesucht, als Serbe im Karst bei Obrovac geboren zu werden, aber ich habe es eben akzeptiert. Ich wusste, dass das kein besonderer Glückstreffer war, aber ich habe es so hingenommen und mein Leben gelebt. Sie haben mich ja auch nichts gefragt, als in den Neunzigern die Tumulte losgingen, ich hätte den Krieg sicher nicht als Lösung gewählt, aber auch das habe ich akzeptiert.

Hättest du nicht fortgehen können, wenn dir das alles nicht gepasst hat?, fragte Vida.

Wohin?

Irgendwohin. Wenn ich an deiner Stelle gewesen wäre, hätte ich die Uniform nicht angezogen.

Jokić blickte ihn an.

Du warst doch an meiner Stelle, und du hast genau dasselbe wie ich getan, du hast doch auch die Uniform angezogen.

Vida zuckte zusammen und schielte zu Jokić hinüber.

Du kannst doch nicht sagen, dass das daselbe ist, du kannst das doch nicht vergleichen, wir standen auf verschiedenen Seiten.

Aber wir wurden von den gleichen Dingen angetrieben.

Was redest du denn da, ich habe meine Familie verteidigt.

Ich meine auch, sagte Jokić.

Schon klar, du hast deine verteidigt, indem du in einem fremden Land dein Großserbien aufbauen wolltest.

Ich hatte überhaupt kein Serbien im Sinn, weder ein kleines, noch ein mittelgroßes, noch ein großes, keine Rede davon. Ich sage dir, das Einzige, was ich wollte, war meine Familie zu beschützen – er sah Vida durchdringend an –, in meinem Land, in meinem Haus.

Egal, du warst auf der falschen Seite.

Was heißt das schon? Es gibt keine richtige und keine falsche Seite. Jeder glaubt, dass seine die richtige Seite ist.

Ich meine nicht, dass wir uns vergleichen können, sagte Vida leise. Ich hatte einen guten Freund, er hieß Robert. Wir haben ihn verwundet zurückgelassen, nicht einmal eine Stunde zu Fuß von hier entfernt. Das war während der Operation Sturm. Als die Sanitäter kamen, um ihn abzuholen, fanden sie ihn abgschlachtet und verstümmelt, ohne Nase und ohne Ohren. Das haben deine Leute getan.

Jokić hüstelte kurz.

Mein jüngerer Bruder Simo, begann er, ist am Anfang des Krieges mit drei Kameraden zum Heiligen Berg auf einen Erkundungszug gegangen. An dem Tag geschah gar nichts, es wurde keine Aktion vorbereitet, sie sind nur zur Erkundung losgezogen, weil irgend so ein Klugscheißer in einem Militärhandbuch gelesen hatte, dass man im Krieg auf Erkundung gehen muss. Und dann gingen sie in die Falle. Die drei anderen konnten sich retten, mein Bruder nicht. Seine Leiche habe ich einige Monate später bei einem Austausch zurückbekommen. Seine Augen waren ausgestochen, und an jeder Hand fehlten drei Finger. Jeder von uns – er blickte Vida an – hat in diesem Krieg jemanden oder etwas verloren, und aus den Körperteilen, die **deine Leute meinen Leuten** und **meine Leute deinen Leuten** abgeschnitten haben, könnte man so viele Menschen zusammenschrauben, um damit eine ganze Kleinstadt zu bevölkern. Deshalb erzähl mir nichts, Freundchen.

Nenn mich nicht Freundchen, Vida stand auf und beugte sich bedrohlich über Jokić.

Dieser stand, ohne sich zu beeilen, auf, und fragte:

Was willst du jetzt tun? Soll ich darauf warten, dass du deinen Schlagbolzen wieder einbaust und mich erledigst.

Ich kann dich auch ohne Pistole fertigmachen.

Das wird kaum gehen, Freundchen, du kannst doch kaum auf deinem Fuß stehen. Und ich würde mich mit dir auch dann nicht schlagen, wenn dein Fuß gesund wäre.

Er drehte sich um und ging zu der Hütte.

Weißt du was, er blieb kurz stehen, dort in Bosnien habe ich begriffen, dass all das nicht existiert, die richtige Seite, die falsche Seite, meine Leute, deine Leute, unsere Leute, eure Leute, wir, sie, die Orthodoxen, die Katholiken, die Kroaten, die Serben, all das sind Worte, nur leere Worte, mit denen man uns erschrecken und verrückt machen will – und wir schlucken das alles. Aber ich will das nicht mehr. Der gesunde Menschenverstand sagt uns, dass wir beide eine Million gute Gründe dafür haben, friedlich nebeneinander zu leben, und nicht einen Grund dafür, uns gegenseitig abzumurksen. Alles andere ist Scheiße. Und wenn wir schon bei Scheiße sind, sag mir bitte, welchen Unterschied es macht, in die Haut eines Serben, eines Kroaten oder eines Italieners eingeschlossen zu sein – oder in eine Einzelzelle im Knast? Gar keinen. Also, wenn du gerne einen Kaffee möchtest und dich noch etwas unterhalten willst, komm wieder, wenn du dich beruhigt hast.

# Zehntes Kapitel

*Das Urteil über Fraktalfrau – Der Säufer Everett – Gärtner irrt sich – Der Kirchenindex, die Strategie zur Tötung von Gehirnwindungen – Was gut verkauft wird, ist gesund – Kurze Geschichte der Ungenießbaren – Die Mauer*

Fraktalfrau ist allmächtig. In ein und demselben Augenblick kann sie an zwei verschiedenen Orten sein und zwei verschiedene Dinge tun. Als Beweis besitzt sie sogar ein schriftlich festgehaltenes Dokument vom Amtsgericht Zagreb, das über die achtzehnjährige Studentin der Anglistik und Indologie, die gegen den Mauerbau um Zagreb herum protestierte, folgendes Urteil fällte:

Sie ist schuldig
am heutigen Tag, dem 15. Juli 2010, auf der Kreuzung der Straßen Donje Svetice und Kneza Branimira in Zagreb die öffentliche Ordung und den Frieden gestört zu haben, und zwar indem sie sich an diesem Ort und zu dieser Zeit einer offiziellen Polizeiaktion zur Unterstützung der zuständigen Behörde, dem städtischen Büro für räumliche Gestaltung, Städtebau, Bauwesen, kommunale Infrastruktur und Verkehr, physisch entgegengestellt hat, den Verkehr und die Durchfahrt für Lastkraftwagen und Baumaschinen,

Fußgänger sowie Dienstfahrzeuge der Polizei, die auf dem Weg zur Baustelle waren, behindert hat, indem sie AUF DER FAHRBAHN UND AUF DEM BÜRGERSTEIG GESESSEN UND GELEGEN hat,

womit sie sich nach Artikel 13 des Gesetzes über die Ordnungswidrigkeiten gegen die öffentliche Ordnung und den Frieden strafbar gemacht hat,

und so weiter und so weiter.

Der Physiker Hugh Everett, ein Säufer und Kettenraucher, würde der Behauptung zustimmen, dass Fraktalfrau im selben Moment auf-der-Fahrbahn-auf-dem-Bürgersteig sitzen-liegen kann. Seine Viele-Welten-Theorie behandelt die unzähligen Varianten des Universums, wobei all das, was die Quantenmechanik als Möglichkeit voraussieht, tatsächlich auch geschieht – zumindest in einer der unendlich vielen Varianten des Universums. Solltet ihr durch einen Zufall in eurem Hotelzimmer anstelle von Buddhas Reden, dem Koran oder der Bibel das Buch *Der Stoff, aus dem der Kosmos ist* von Brian Green vorfinden, könnt ihr darin Folgendes über die Paralleluniversen von Everett lesen:

»Wenn eine Wellenfunktion sagt, dass ein Elektron hier, dort und da drüben sein kann, findet in einem Universum eine Version von Ihnen es hier; in einem anderen Universum entdeckt eine andere Kopie von Ihnen das Elektron dort; und in einem dritten Universum stößt eine weitere Version von Ihnen da drüben auf das Elektron. Die Folge von Beobachtungen, die wir alle von einer Sekunde zur anderen machen, spiegelt also eine Wirklichkeit wider, die nur in einem Teil dieses riesigen, unendlichen Netzwerks von Universen stattfindet. In den anderen Universen leben lauter Kopien von Ihnen, mir und allen anderen, die in dem betreffenden Universum, in dem bestimmte Beobachtungen zu bestimmten Ergebnissen geführt haben, noch am Leben sind.«

In einem Universum lest ihr jetzt gerade diese Zeilen, in einem zweiten klettert ihr auf den Eisfelsen von Cerro Torre und betet zu Gott, er möge den Orkanwind beschwichtigen, und in einem dritten seid ihr ein Zen-Mönch. *Ihr lauft mit leeren Händen und habt eine Spitzhacke in den Händen. Ihr lauft zu Fuß und reitet dabei auf dem Rücken eines Stiers. Ihr überschreitet eine Brücke, und siehe da, nicht das Wasser fließt, sondern die Brücke.*

Und so weiter.

In einem ihrer Universen, viele Regenschauer, Windböen, Frostnächte und Nachmittage nach jenem Urteil, saß Fraktalfrau mit Gärtner auf der Terrasse des Teehauses Hanshan. Die Ungenießbaren waren inzwischen auseinandergefallen, Vanča war im Gefängnis gelandet, und die beiden lebten schon seit einiger Zeit in einem verlassenen Haus unter der Südmauer.

Du bist völlig verrückt, sagte sie vorwurfsvoll, warum hast du ihn getötet?

Sie ist jetzt Anfang dreißig, hat müde Augen, die schon viel gesehen haben, sie ist schön. Ihr Vorwurf bezieht sich auf die Liquidierung eines jungen Mannes, der – so verteidigte sich Gärtner – einen Geländewagen von Porsche gefahren und sich auch sonst wie ein beschissener, supererfolgreicher Manager verhalten hatte. Doch es stellte sich heraus, dass der Typ eigentlich ein

Priester war, viel mehr noch, des Kardinals persönlicher Sekretär und Schützling, und nun hatte sich die Sache unerwartet verkompliziert.

Er platzt hier völlig gestylt herein, schnaubte Gärtner, wie all diese Geldsäcke. Und die Farbe der Brillenfassung war perfekt auf sein Hemd und seine Sneaker abgestimmt. Das hat meinen Blutdruck heftig nach oben getrieben. Und was hat der hier überhaupt zu suchen gehabt, meines Wissens nach gehen Priester nicht zu Nutten.

Fraktalfrau sah ihn voller Mitleid an.

Mit wessen Gehirn denkst du überhaupt, durch wessen Augen siehst du die Dinge? Werd endlich erwachsen, du bist wirklich groß genug, um erwachsen zu werden. Natürlich gehen Priester zu Nutten, heiraten heimlich und haben Kinder. Und vögeln ihre Messdiener. Doch das ändert nichts an der Tatsache, dass du einen Menschen getötet hast, nur weil es dir nicht gepasst hat, wie er angezogen war.

Schon gut, in Ordnung, sagte er, da er begriff, dass er Blödsinn zusammengeredet hatte. Aber ich habe ihn nicht deshalb umgebracht.

Warum denn?

Ein Priester, ein Banker, ein Broker, wo ist da der Unterschied? Diese Typen haben Millionen von Menschen ins Unglück gestürzt, und es ist milde gesagt etwas ungewöhnlich, dass du jetzt so einen Aufstand um einen lausigen Pfaffen machst. Ich habe ihn abgeknallt, und ich werde ihm keine Träne nachweinen.

Ich weiß, dass du das nicht tun wirst, aber jetzt haben wir den Kardinal an der Backe. Darüber wird er nicht so leicht hinwegkommen.

Ist mir doch egal, soll er doch in Zukunft besser aufpassen, wo sich seine Lieblinge herumtreiben.

Im Teehaus Hanshan wurden keine Messdiener angeboten, aber die Mädchen dort waren die Besten, die man in der Zone bekommen konnte. Mišo Kina achtete gewissenhaft auf das Niveau. Und das wussten alle in der Holding. Auch der Priester hatte das gewusst. Die reichen Jünglinge aus der Holding gaben sich gerne im Hanshan den Umarmungen Asiens hin. Die Teezeremonien setzten sich in Shiatsu-Massagen fort, und wenn die Lebensenergien zu glühen begannen, erschienen chinesische Tänzerinnen auf dem Podium.

Prostitution ist in der Holding verboten. Prostitution und verschiedene andere interessante Dinge, zum Beispiel altertümliche fernöstliche Massagetechniken und -behandlungen, die griechischen, vorantiken Philosophen, Prophezeiungen und Wahrsagungen, die christlichen Mystiker, *Das Buch der Wandlungen,* Buddhas Reden, zenbuddhistische Texte wurden zensiert, und aus der Bibel wurden die Lehrbücher, die Prophetischen Bücher und die Evangelien gestrichen.

Wer stellte diesen Index zusammen?

Die Kirche.

Der multinationale Konzern mit tausendjähriger Tradition, mit enormen Besitztümern auf dieser rotierenden Kugel, dessen Kraft schon seit langem nicht mehr auf der Kraft des Glaubens und den Gottesgesetzen aufbaut, sondern auf Aktien und Marktgesetzen. Seine Angestellten spenden den Trauernden keinen Trost, den Hungernden keine Nahrung, den Dürstenden kein Wasser, den Obdachlosen kein Heim, den Verfolgten keine Zuflucht. Sein Baum trägt keine guten Früchte.

Gott ist nicht in den Menschen, sondern in der Kirche, donnern die Unterhändler und *spin doctors* in ihren sonntäglichen Predigten. Und der Kardinal führte den Verkauf von Ablassbriefen wieder ein. Es gibt Tausende, die sich dafür interessieren, wie immer, wenn es darum geht, etwas zu kaufen. Kauft einen Ablassbrief, und ihr bekommt einen Gutschein mit zwanzig Prozent Rabatt für die White-Angel-Mall direkt neben der Kathedrale dazu. Der Kardinal hat um seine Residenz auf dem Kapitol herum einen Schutzwall mit Überwachungskameras errichtet, um seine Bestrebungen zu schützen. Er strebt nach Macht, Geld und Jungen, und immer wieder nach Macht.

Wie ihr sicher versteht, ist in der Holding alles verboten, was die Gehirnwindungen auf Vordermann bringen könnte, am meisten hat die Literatur gelitten. Aus den Buchhandlungen sind Cervantes, Bocaccio, Flaubert, Whitman, Melville, Tolstoi, Babel, Villon, Dostojewski, Krleža, Bulgakov, Genet, Döblin, Wolfe, Sever, Džubran, Zupan, Valent verschwunden, und das Downloaden von verbotenen Texten im Internet wird mit Verbannung aus der Holding geahndet. Auf dem Index hat sich beinahe die gesamte Weltliteratur bis zum 21. Jahrhundert eingefunden. Im 21. Jahrhundert beschäftigt sich sowieso kaum noch jemand mit Literatur. Es gibt viele Schriftsteller, aber wenig Literatur. Die Schriftsteller sind zu Handwerkern geworden und die Leser zu Käufern. Was gut verkauft wird, ist gesund. Was nicht verkauft wird, ist krank, bedrohlich und hat zu verschwinden.

Entsprechend der Strategie zur Tötung von Gehirnwindungen sind Alkohol und Drogen in der Holding gestattet. Außer Haschisch, Marihuana und natürlichen Halluzinogenen. Die gute Nachricht ist, dass man all das, was in der Holding verboten ist, in der Zone bekommen kann.

Am nächsten Tag dachte Fraktalfrau auf der Terrasse des Hanshan über die Zeit nach, bevor Gärtner zu töten begonnen hatte. Alles war nur ein Spiel gewesen. Sie sabotierten die Maschinerie des Staates und später der Holding unter dem Motto, das man auf der Wohnzimmerwand ihres besetzten Hauses lesen konnte:

ES GIBT KEINEN GRUND DAFÜR, DASS DAS GUTE DAS BÖSE NICHT BESIEGT, NUR DASS SICH DIE ENGEL GENAUSO GUT ORGANISIEREN MÜSSEN WIE DIE MAFIA.

Der Autor dieses Satzes war der amerikanische Schriftsteller Kurt Vonnegut, der in der Holding natürlich auch verboten war.

Die Ungenießbaren entstanden aus den Dunklen Kapuzen, auch sie besorgten sich ihre Nahrungsmittel, ihre Kleidung und alles andere, was sie brauchten, aus den Müllcontainern der Einkaufszentren und der Wohnviertel. Den Namen hatte sich Vanča ausgedacht. Das Geld ist eine Nahrung, die im Umlauf ist und sich anhäuft, so wetterte er auf dem Podium gegen den Bau des Vergnügungs- und Einkaufszentrums im Park Zrinjevac im Zentrum von Zagreb. Damit diese gesellschaftliche Ordnung bestehen kann, muss immer mehr produziert und verbraucht werden, und alles, was sich nicht an Produktion und Verbrauch beteiligt, muss verschwinden. Wir wollen da in keinem Fall mitmachen. Wir wollen weder verbrauchen noch verbraucht werden. Wir wollen weder fressen noch gefressen werden. Wir sind ungenießbar.

Die Ungenießbaren lebten in einem Gebäude ohne Strom, Wasser und Heizung in einem der westlichen Vororte, in der ehemaligen Eisenbahnerkolonie. Von den Dunklen Kapuzen erbten sie auch das Spiel »Binde die Wolke«. Sie spielten Fußball, Badminton oder Volleyball auf dem Platz der Börse, vor den Einkaufszentren, vor den Geschäftsgebäuden, Banken und Gerichten, und es gab immer so viele Spieler und Zuschauer, dass der Zugang zu diesen Gebäuden stundenlang versperrt war. Bis am Ende die Polizei auftauchte und alle mit Wasserwerfern auseinandertrieb. Oder die Spieler mussten sich vor der berittenen Polizei zurückziehen. Sie organisierten ein Picknick auf dem Platz des Heiligen Markus, direkt vor dem Regierungsgebäude der Holding, und vor dem einstigen Parlament, das inzwischen zur privaten Residenz des Milliardärs Ilija Tešić, dem ITEX-Besitzer, geworden war. Und schon war die Polizei mit Hunden und Gummiknüppeln da.

Damals wurde die Mauer zu Ende gebaut. Innerhalb der Mauer, auf den Straßen und Plätzen und in den wenigen noch vorhandenen öffentlichen Parks war es strengstens verboten, zu protestieren, zu betteln, sich sportlich zu betätigen, zu liegen, zu schlafen, unbefugt zu fotografieren, unbefugt Handel zu treiben, in den Mülltonnen und Containern herumzuwühlen, unbefugt zu spielen, zu singen, und generell die Passanten zu unterhalten. Die Strafe für derartige Vergehen bestand in Verbannung.

Die Dunklen Kapuzen konnten sich in der Holding nicht mehr ernähren und nicht mehr spielen. Sie konnten hier nicht mehr leben. Sie gingen fort, um jenseits der Mauer ihr Glück zu suchen. Und die Ungenießbaren wurden aus der Holding vertrieben. Sie setzten ihren Widerstand mit Blockaden vor den Eingängen zur Holding, zu den Warenlagern, Wasserwerken, Flughäfen und Kraftwerken fort. Die Polizei und die privaten Sicherheitsfirmen, die diese Orte zu schützen hatten, zögerten nicht, Tränengas, Gummigeschosse und Feuerwaffen einzusetzen.

Und dann schnappte sich Gärtner jenen Broker vor dem Hanshan und tötete ihn.

Später warf man Fraktalfrau vor, dass sie sich in einen Mörder verliebt hatte und dass sie die Hauptverantwortung für den Zerfall der Ungenießbaren trug.

Aber ich, so dachte sie, während sie an jenem Nachmittag auf der Terrasse des Hanshan saß und Gärtner anschaute, der ins Leere starrte, ich habe mich nicht in einen Mörder verliebt. Er war kein Mörder, als er zu uns stieß. Er war unruhig und vorlaut, ein wenig verrückt, das völlige Gegenteil zum ewig gesetzten und vorsichtigen Vanča, der ihr deshalb häufig auf die Nerven ging. Aber den Broker hatte sicher kein Mörder umgebracht. Ihn hatte ein leichtsinniger junger Mann getötet, der dadurch zum Mörder geworden war.

Was ist?, fragte Gärtner, dem bewusst wurde, dass sie ihn beobachtete.

Sie zuckte mit den Schultern.

Sag mir bloß nicht noch mal, dass ich verrückt bin, sagte er.

Doch, das tue ich, sagte sie, wir sind beide verrückt.

Warum meinst du das? Weil uns alle verlassen haben?

Nein, nicht deshalb. Ich denke über Folgendes nach: Wie kann ich sicher sein, dass ich in Wirklichkeit nicht hier mit dir zusammen bin, sondern in einem Zug sitze und mit mir selbst spreche, und die Menschen blicken mich an und denken: Schau dir nur diese arme verwirrte Frau dort an.

Quatsch, er winkte mit der Hand ab, aber sag mir nicht mehr, dass ich verrückt bin. Ich mag nicht, wenn Menschen sagen, dass jemand verrückt ist, und sich einbilden, etwas darüber zu wissen.

# Elftes Kapitel

*Die Neunte in der Steppe, eine Dame im Herkulessaal – Diktatoren und Dichter – Auf dem Damm – Armut*

Ich hätte schon in der letzten Woche abreisen sollen, aber der Alte hält mich hier fest. Neben dem Frühstück haben wir begonnen, auch andere gemeinsame Rituale zu pflegen, etwa am frühen Abend am Donauufer oder durch die Weinberge an den Hängen spazieren zu gehen oder in seinem Zimmer Musik zu hören.

Mozart, Beethoven und Konsorten, erzählte einmal der Alte, lebten in der Stille. Die ganze Welt war damals von Stille eingehüllt. Und deshalb ist ihre Musik so, er suchte nach den richtigen Worten, so geschwätzig und laut. Als Gegenpol zur allgemeinen Stille. Mahler ist der letzte große Schwätzer. Die Bühnen waren zu klein für seine Orchester. Aber unsere Epoche ist von einem irrsinnigen Lärm bezeichnet, mit jedem Tag wird es immer lauter. Auch in den entlegensten Gegenden hört man Geräusche von Motorsägen, von Baggern, von Lastwagen, von Stromaggregaten. Beethoven hat heute nur noch in der Ödnis der mongolischen Steppe oder an vergleichbaren Orten Sinn. Mhmmm, die Neunte in der Steppe, da bekomme ich beinahe einen hoch. Aber in der heutigen Zeit ist das eine ganz andere Geschichte. Deshalb ist für meine Begriffe Giya Kancheli der größte zeitgenössische Komponist. Wissen Sie, er sah mich an, als würde er mir gerade irgendein geheimes Wissen anvertrauen, er komponiert Stille.

Eigentlich war der Alte in die Stimme von Janet Baker verliebt. Zum ersten Mal hatte er sie 1970 in München gehört. Er stand mit einer Touristengruppe im Hofgarten, als durch die offenen Fenster der königlichen Residenz diese Stimme erklang.

Es schien mir, als würde ich zerfallen, als würde ich mich in eine Sandsäule verwandeln und als würde mich der Wind in alle Richtungen tragen, sagte er. Ich stand regungslos da, bis die Stimme verklungen war. Dann habe ich angesichts der verwunderten Blicke der Menschen aus meiner Gruppe begriffen, dass ich weinte.

An diesem Abend trat Janet Baker im Herkulessaal der Residenz auf, und der Alte bezahlte einem jungen Mann am Eingang ein Viertel seines monatlichen Arbeitslohns für eine Eintrittskarte. Danach sah er sie nie wieder auf der Bühne, aber es verging kein Tag, an dem er nicht ihre Stimme gehört hätte.

Ein halbes Jahrhundert, und es ist so verflogen, er schnitt mit der Hand durch die Luft.

Und ich dachte über die E-Mail nach, die mich vor einigen Tagen erreicht hatte:

> Stalin tötete Dichter,
> auch Francisco Franco tötete sie,
> Pinochet Ugarte ebenfalls.

Heute gibt es keinen Stalin mehr, keinen Franco, keinen Pinochet.

Gibt es Poesie?

Das Rätsel bezog sich auf ein weit zurückliegendes Gespräch darüber, dass unser Zeitalter nur Verachtung für die Poesie übrig hat. Ich kann mich nicht daran erinnern, wer aus der Clique das Thema damals aufgebracht hatte, aber Fraktalfrau nahm es leidenschaftlich auf und behauptete, dass gute Poesie nur in Diktaturen möglich sei, dass sie nur von verfolgten und verrückten Menschen geschrieben werden könne. Die These war ziemlich an den Haaren herbeigezogen. Und wir sagten ihr das auch. Doch sie stellte als Argument die morbide Haltung von Ossip Mandelstam dagegen, von dem sie damals besessen war und nach der man nur in Russland die Poesie verehre, da ihretwegen dort Menschen getötet würden. Wo ist sonst die Poesie, so fragte sich der Russe, ein übliches Motiv für Mord?

Mandelstam, so erläuterte Fraktalfrau weiter, García Lorca, Boris Maruna, Pound, sie alle hatten ihre eigenen Diktatoren – oder ihre eigene Verrücktheit. Heute ist keine Poesie mehr möglich, und keiner schert sich mehr um die Dichter, sie sterben an Altersschwäche oder an Krankheiten, vergessen, sie werden von niemandem gebraucht. Selbst die, die noch etwas schreiben, schreiben nicht so, als würde morgen der Tod auf sie warten, sondern die Mitgliedschaft in der Akademie der Wissenschaften und der Künste, der Nobelpreis und ein festlicher Empfang beim Präsidenten der Republik.

Das war noch, bevor Gärtner zu uns stieß, als wir uns noch über solche Dinge unterhielten. Und dann begannen wir zu töten. Wir töteten Manager, Banker und Broker, all die, die sich mit leeren Händen an Geschäften beteiligen und dabei einen riesigen Teil des Gewinns einstreichen und den Arbeitern Peanuts hinterlassen.

So kam mir jetzt dieses Gespräch über Diktatoren und Dichter, das vor lange Zeit stattgefunden hatte, in den Sinn, während vor meinen Augen eine stürmische Nacht auf der Plaza de Santa Ana in Madrid auftauchte, in der wir vor langer Zeit heiße Schokolade tranken und den trüben Schein der Skulptur von García Lorca betrachteten, und später kaufte Fraktalfrau in der Calle del Principe von einem mageren, lächelnden, alten Mann Lorcas *Canciones*, gedruckt 1957 in Buenos Aires. Wozu brauchst du das denn, du kannst doch gar nicht so gut Spanisch, sagte ich. Sie sah mich an und sagte: Glaubst du wirklich so sehr an Worte?

Welches Buch lesen Sie gerade?, unterbrach mich der Alte bei meinen Gedanken.

Ich zeigte ihm *The Books in My Life* von Henry Miller, das ich von einem Regal im Flur genommen hatte.

Eine bunte Auswahl an Büchern haben Sie dort, sagte ich.

Ach, diese Bücher haben die Gäste zurückgelassen oder einfach vergessen. Wissen Sie, ich bin ein einfacher Mann, ein Gastwirt, aber ich habe etwas von der Welt gesehen, und seinerzeit habe ich viel gelesen. Bis ich ungefähr fünfzig wurde. Dann haben die Bücher plötzlich aufgehört, zu mir zu sprechen. Ich las irgendein Buch, aber ich konnte nicht begreifen, warum es überhaupt geschrieben wurde. Es sagte mir nichts über die Welt, in der wir leben. So viele umsonst geschriebene Worte. Nehmen Sie zum Beispiel das Wort Pappel. Was sagt uns dieses Wort über den Baum dort? Nichts. Wenn Sie etwas über diesen Baum erfahren möchten, müssen Sie ihn beobachten, zusehen, wie er sich im Wind wiegt, wie er ausschlägt, blüht, die Blätter abwirft, Sie müssen ihn berühren, beschnuppern, ablecken, an ihm herumklopfen und darauf achten, wie es klingt, Sie verstehen schon, was ich meine. Und dann erst das Wurzelwerk unter der Erde, das wir gar nicht sehen. Deshalb habe ich aufgehört zu lesen. Ich habe mich dann der Musik zugewandt. Aber ich erzähle zu viel, ich langweile Sie sicher mit meinen dummen Altersgeschichten. Sie haben sicher Klügeres zu tun, als meinem Gequassel zuzuhören.

Nein, gar nicht, ganz im Gegenteil, ich genieße Ihre Gesellschaft.

Da müssen Sie wirklich verzweifelt sein. Aber wie viele Dinge verdienen wirklich, laut ausgesprochen zu werden? Ihretwegen die Luft aufzuwirbeln und andere Menschen zu beunruhigen. Meist reden wir, ohne etwas zu sagen. Wir blasen nur Luft aus.

Wir saßen schweigend auf dem Damm neben dem Segelclub und sahen den Enten zu, wie sie sich um die Brotstücke stritten, die ihnen eine Frau und ein Kind von einem Holzsteg aus zuwarfen, wir beobachteten einen Lastkahn, der unter der Eisenbahnbrücke herfuhr, einen Trecker am anderen Ufer, die Allee aus Pappeln, deren Pollen durch die Luft segelten … Ich stellte mir den alten Mann vor, wie er die Enten berührt und ableckt, wie er jene Frau beschnuppert und an ihr herumklopft, oder noch besser, wie er das mit dem Kind macht. Was würde der Bauer dort sagen, wenn der Alte plötzlich beginnen würde, die Reifen abzulecken und an die Motorhaube seines Treckers zu klopfen?

Was gibt es da zu lachen?, fragte der Alte, und ich begriff, dass sich meine Lippen zu einem Lächeln verzogen hatten.

Was gibt es da zu lachen?, fragte der Richter des Holdinggerichts in Zagreb.

Er hatte mir soeben zwanzig Jahre aufgebrummt, und als erschwerenden Umstand machte er geltend, dass der Angeklagte, ich zitiere, »aus einer Familie von gesellschaftlich zweifelhafter Stellung stammt, die ihm gegenüber keine besondere Sorge getragen hat, zum Beispiel hat sie ihm kein Studium im Ausland ermöglicht und Ähnliches«.

An dieser Stelle lachte ich auf.

Ich bitte den Angeklagten, dem Gericht Respekt zu zollen.

Aber ich konnte mich nicht mehr kontrollieren. Was gab es da zu lachen? Alles war zum Lachen. Der vor Wut schäumende Richter, das, wovon er sprach, die Polizisten, die zu meiner Linken und zu meiner Rechten saßen, die Journalisten im Saal, dieser ganze Zirkus. All das kam mir lustig vor, aber auch widerlich – genauso wie die Gesetze und die Gerechtigkeit.

In den Augen anderer Menschen war meine Familie sehr arm, nur Überfluss galt als Wohlstand. Wir hatten nur das, was wir brauchten. Die Wände unserer Wohnung waren leer. Der Staub hatte nichts, worauf er sich ablegen konnte. In unseren Kleiderschränken konnten sich kaum Motten einnisten. Um all unser Geschirr zu spülen, benötigte man sehr wenig Wasser und Spülmittel.

Meine Mutter war Schneiderin in einer Bekleidungsfabrik. Mein Vater war bei der Spezialpolizei. In meiner frühen Kindheit sah ich ihn nicht oft. Er war ständig im Wald, wie er es ausdrückte. Auf einem Regalbrett über dem Fernseher stand ein Foto von ihm in Kriegsuniform. Meine Mutter erzählte oft von ihm. In jenen Jahren bestand mein Vater aus Worten und jenem Foto.

Danach wurde ihm bei der Polizei gekündigt, und ab dieser Zeit war er ständig zu Hause. Ich brauchte Zeit, bis ich mich an ihn gewöhnt hatte. Er erzählte nicht viel und war kein Mann der großen Gesten, aber es war trotzdem angenehm mit ihm. Mit ihm gemeinsam Lebensmittel anschaffen oder auf die Ausflüge der Dunklen Kapuzen zum Berg Medvednica oder an die Seen im Park Maksimir gehen.

Die Dunklen Kapuzen!

Ich dachte damals, dass sich hinter diesem Namen eine geheime Bruderschaft von guten Superhelden verbirgt.

Auch heute denke ich das noch.

Und dann kamen eines Tages Polizisten an unsere Tür und sagten uns, dass mein Vater Selbstmord begangen habe. Ich weinte nicht. Als sie fort waren, holte ich eine Pappschachtel aus dem Schrank, in dem er mehrfarbige Stoffbänder, Fotos, Metallwappen mit Schwertern und Blitzen darauf und andere Kleinigkeiten aus dem Krieg aufbewahrte. Ich nahm das Foto in die Hand, das jahrelang auf dem Regalbrett über dem Fernseher gestanden hatte. Er hatte es von dort entfernt, als der Krieg zu Ende war. Was soll das hier, ich lebe ja, hatte er gesagt und das Foto in die Erinnerungsschachtel gelegt. Er sah darauf glücklich aus.

Auch einige Jahre später weinte ich nicht, als meine Mutter mit einem Nierenkarzinom im Sterben lag. Sie starb unter Schmerzen, zu Hause in ihrem Bett, sie konnte sich kein Bett auf einer Station und keine Spritzen gegen die Schmerzen leisten. Die einen weinen, während sie Janet Baker hören, die anderen, während sie die Schreie in den Fluren und Folterkammern des Untersuchungsgefängnisses hören, aber ich habe einfach kein Ventil, um meine Gefühle aus dem Körper fließen zu lassen. In jenem Jahr, als sie starb, begannen sie, die Mauer um Zagreb zu errichten, und ich lernte Fraktalfrau kennen.

Ist alles in Ordnung, fragte der Alte besorgt.

Auf dem schmalen Weg ging ein Mann in Uniform vorbei, er hatte irgendwelche Papiere in der Hand. Er war im Dienst. Er hatte eine Glatze, er war stark, er trug Uniform und die Papiere. Er hätte jemanden töten können, mit diesen Händen und diesen Papieren.

Alles in Ordnung, antwortete ich, ich bin nur ein wenig in die Vergangenheit abgeglitten.

Dort gibt es nichts zu finden, mein Sohn, alles spielt sich in diesem Moment ab.

Sie haben wahrscheinlich Recht. Und deshalb werde ich morgen weiterziehen.

Was haben Sie hier überhaupt gesucht?, fragte er.

Nichts, ich bin nur auf der Durchreise.

Ach, erzählen Sie mir doch nichts. Sie ähneln weder der Donau noch irgendeinem Schiff. Nur die sind hier auf der Durchreise.

# Zwölftes Kapitel

*Vidas Traum – Gespräch über Giftschlangen – Eine Herde von Skeletten – Die Wahrheit vernichtet nicht die Lüge*

Vida hatte unruhig geschlafen, er hatte in seinem Schlafsack geschwitzt und sich hin und her gewälzt, dabei hatte er im Halbschlaf das Treiben und Hecheln in dem Gebüsch hinter seinem Zelt gehört, ein entferntes Kreischen, das Bellen eines Fuchses, und am frühen Morgen kroch er aus dem Zelt und erwartete mit Kaffee und einer Zigarette die Sonne. Mit der Sonne kam auch ein Rehkitz, das auf der gegenüberliegenden Wiesenseite plötzlich auftauchte, horchte und schnupperte und dann wieder im Dickicht verschwand.

Was hast du gehört und geschnuppert, was mir verborgen bleibt, fragte Vida sich selbst und starrte auf die Stelle, an der gerade noch das Kitz gestanden hatte.

Hinter dem Wald aus Orient-Hainbuchen, vom Nordhang her, ließ sich ein Kuckuck hören, jedes Mal von einer anderen Stelle, und dann erblickte er ihn, wie er den Waldrand entlangflog. Ein sehr eleganter Flug, alle Achtung, sagte er laut. Ganz unerwartet kam ihm nun sein nächtlicher Traum in den Sinn.

Er hockt am Ufer eines tiefen, klaren Baches, schöpft mit den Händen Wasser und trinkt. Die Schatten der Strudel gleiten über den Sandboden. Das dicht gewachsene, dunkelgrüne Flussgras biegt sich in der Strömung. Auf dem Kopfsteinpflaster hüstelt sein alter Golf im Leerlauf, die Handbremse ist angezogen. Er wird ausgehen – er wird nicht ausgehen – er wird ausgehen – er wird nicht ausgehen – er liebt mich – er liebt mich nicht. Am anderen Ufer steht ein einstöckiges, weiß gestrichenes Haus, und vor dem Haus steht eine Frau und starrt ihn mit giftigen Augen an. Ein feuerflammenfarbener Hund springt an den Zaun und bellt. Ein Posavatz-Laufhund. Was soll das, halt die Klappe, sagt er zu dem Hund. Es ist ein später Frühlingsnachmittag. Die Bergkette am Horizont sieht aus wie die Sturmwolken. Die Sonne steht in seinem Rücken, vor ihm am Osthimmel geht ein blasser Mond auf. Es ist Vollmond. Heute Nacht wird es Zirkus geben, denkt er.

In der Dämmerung fährt er in die Berge, breitet seinen Schlafsack in einem natürlichen Windschutz aus, baut sich eine Feuerstätte, zündet das Feuer an, brät ein Stück Jagdwurst an einem Stock, öffnet eine Bierdose, prostet dem Mond und dem Wind in den nackten Baumkronen zu, und dann schläft er ein.

In der Morgendämmerung wird er von Hufgetrappel, Wiehern von Pferden und von den nervösen Rufen vor dem Kampf geweckt. ER WEISS, dass das die Krieger von Hadum Jakub-Pascha sind und dass sie in der Kozja Draga einen Hinterhalt aufgebaut haben, während ihre Waffenbrüder fortgeritten sind, um das Heer von Banus Derenčin in die tödliche Falle zu locken.

Ich könnte mich, so denkt er, ins Auto setzen und

zum Lager von Derenčin auf dem Krbava-Feld fahren und ihm sagen, was ihn erwartet, aber ich will es nicht. Sein Problem. Die Türken sollen ihn ruhig zermalmen, wenn er schon so dumm ist. Und wie könnte ich es mir auch anmaßen, in die Geschichte einzugreifen?

Und dann kriecht er aus dem Schlafsack, facht das Feuer wieder an, stellt den Blechnapf in die Glut und kocht sich einen Kaffee. Er dreht sich eine Zigarette, setzt sich im Schneidersitz ans Feuer, raucht, trinkt Kaffee und lauscht den Kampfgeräuschen.

Er erblickte Jokić, wie er gebeugt über die steile Steinplatte zu dem Bergkamm oberhalb der Hütte lief.

Ich hätte gestern nicht so wütend werden sollen, dachte er, ich hätte die Nerven behalten müssen. Zumindest hat er mir doch offen gesagt, was er denkt, und das ist heute eine Seltenheit. Schließlich hat er in einer Hinsicht Recht: Jeder von uns lebt in seiner eigenen Welt, und jeder versucht ununterbrochen, sie zu verbessern. Aber auf eine ganz blöde Art ergibt es sich immer wieder so, dass die Menschen bei ihrem Bestreben, die Welt besser zu machen, alles nur verbaseln – es wäre viel klüger, gar nichts mehr verbessern zu wollen.

Lebst du jetzt besser als früher?, hatte ihn neulich ein ehemaliger Mitkämpfer gefragt, den er in Zagreb getroffen hatte.

Von wegen, mir geht es schlechter.

Mir auch.

Und wozu war dann dieser ganze Schlamassel nötig?

Auf dem Kamm angekommen, drehte sich Jokić zur Wiese. Vida stand auf und machte einen Schritt aus dem Schatten der Platane. Jokić winkte ihn zu sich.

Er kletterte vorsichtig auf die rissige Steinplatte, die von Kies übersät war, er stützte sich auf einen Stock und achtete darauf, nicht zu stark auf das verletzte Bein zu treten. Als er oben war, erblickte er eine grasüberzogene Senke, auf der Büsche und Steinblöcke und ein nackter nach Südosten weisender Felsen standen. Er war zerfurcht wie ein Drachenrücken. Jokić wartete auf ihn neben einem verkrüppelten Holunderbusch.

Wie geht's deinem Fuß?, fragte er.

Ich laufe, sagte Vida. Übrigens, es tut mir leid, dass ich mich gestern so danebenbenommen habe.

Ach, du hast noch Zeit, Jokić versuchte gar nicht, die Ironie zu verbergen, du bist jung, du wirst es schon noch lernen. Und dann wies er mit dem Kopf auf den Busch: Man hat uns gelehrt, dass eine gefleckte Schlange ein Wesen der Finsternis ist, dass sie schuldig ist an all dem Bösen, das uns widerfährt.

Auf einem Zweig sonnte sich eine Hornviper. Sie wäre farblich vollständig mit dem Ast verschmolzen, wäre da nicht der schwarze, gebrochene, rhomboide Streifen auf ihrem Rücken gewesen, der warnte: Halte dich fern!

Sie ist groß, sagte Vida. Warum ist die Schwanzspitze rot?

Ich glaube, das ist ein Weibchen, sagte Jokić. Warum ihr Schwanz rot ist? Einfach so, ohne besonderen Grund. Er ist einfach rot. Bei einigen ist er braun. Schau mal, die Beulen an ihrem Körper, sie scheint trächtig zu sein. Oder sie hat gerade etwas gefressen.

Vida betrachtete die Schlange. Er konnte seinen Blick nicht von ihren rostfarbenen Augen mit dem senkrechten Schlitz in der Pupille wenden.

Als wir Kinder waren, haben wir sie getötet, sagte Jokić. Sobald ich eine gefunden habe, schnappte ich mir ohne zu zögern einen Stein und habe ihn auf sie geschmissen. Ich habe so viele Vipern getötet, dass ich sie gar nicht mehr zählen konnte. Aber es kamen immer neue.

Glaubst du, dass es mit den Menschen anders ist?, fragte Vida.

Es ist das Gleiche, antwortete Jokić.

Tötest du sie immer noch?

Die Menschen oder die Vipern?, Jokić sah ihn listig an.

Die Vipern.

Nein, ich lebe in Frieden mit ihnen. Aber genug von den Schlangen, komm mit, ich will dir etwas zeigen.

Sie liefen um die Steinblöcke und die Büsche herum und kamen auf eine grüne Ebene, nicht größer als ein Vorortgarten, auf der ein kegelförmiger Haufen lag. Vida dachte zunächst, dass es sich um getrocknete Zweige handelte, die von der Sonne und dem Wind gebleicht waren. Aber dann erkannte er in diesem Haufen Tierschädel.

Was ist das denn?! Er wich einen Schritt zurück.

Meine Herde, sagte Jokić ruhig.

Mensch, sagte Vida, warum hast du sie so aufgetürmt?

Das habe nicht ich gemacht, sondern die Hukeiverbres.

Ach so, Vida verstand, ein Friedhof für Tiere.

Genau das. Monatelang kamen Bären hierher, und sie warteten auf sie auf der Bergkuppe da vorne und knallten sie ab.

Nicht gerade sportlich, Tiere abzuschießen, während

sie fressen, sagte Vida mehr für sich, aber dann bemerkte er zwischen den Skeletten einen Schädel, der größer als die anderen war, mit riesigen Eckzähnen.

Dein Hund?, fragte er.

Murat, sagte Jokić, und Osman liegt auf der anderen Seite.

Murat und Osman?

Anatolische Schäferhunde, mächtige Tiere. Murat sprang einen der Jäger an, der sonst als Polizist in Zadar arbeitet, und er hatte verdammtes Glück, dass er ihm nicht die Kehle aufgerissen hat.

Und wo warst du?

Da hinten. Sie hatten mich festgebunden und liegen lassen. Drei Tage und drei Nächte lag ich hier. Zum Glück kam meine Frau jeden Sonntag hierher. Wäre sie nicht gekommen ...

Und du hast das der Polizei gemeldet?

Ja. Zuerst wollte ich mit Minen gegen sie vorgehen. Ich habe einen Haufen Tret- und Springminen auf dem Tulove Grede gesammelt, ich wollte sie auf die Anhöhe legen, vor der Wiese. Und ich hätte es auch getan, wenn da nicht meine Frau und der Kleine wären. Ich hätte ihnen die Gewehre und die Munition abgenommen, ich könnte mich jahrelang hier verstecken. Er wies mit der Hand um sich.

Besser, dass du es nicht getan hast, sagte Vida, du wirst dir eine neue Herde anschaffen.

Jokić sah ihn an, schüttelte den Kopf und verzog das Gesicht.

Es geht nicht um die Schafe.

Er schwieg, und dann sagte er mit Mühe, als würde er es ausspucken:

Sie haben auf mich gepisst und mich bespuckt. Du kannst das nicht mit Wasser abwaschen, und die Zeit geht nicht darüber hinweg.

Bei der Rückkehr setzten sie sich in den Schatten des Steinturms und zündeten sich Zigaretten an.

Das, was du gestern gesagt hast, macht Sinn, begann Vida und betrachtete dabei die Gluthitze, die über der Bukovica flimmerte und die schillernde Wasserfläche der Bucht von Novigrad. Woher hast du diese Ideen?

Welche Ideen?

Dass unsere, eure, die Serben, die Kroaten in Wirklichkeit gar nicht existieren.

Jokić blickte ihn an, als suche er nach der Falle, und fragte:

Du machst dich wohl über mich lustig.

Überhaupt nicht, Vida starrte weiter auf die glitzernde Oberfläche der Bucht.

Weißt du, sagte Jokić, wenn du in eine Ecke getrieben wirst, kannst du entweder zulassen, dass du von anderen geführt wirst, die dir sagen, was du tun oder lassen sollst, oder du schaltest dein eigenes Gehirn ein. In Bosnien gab es viele, die gehetzt haben und meinten, dass der Krieg nicht vorbei sei, dass wir nur eine Schlacht verloren hätten, dass wir die Armee wieder aufbauen und zurückkehren und uns rächen sollten ... Aber mir war klar, dass die Sache beendet ist. Meine Frau und ich hatten vor dem Krieg eine Arbeit, sie war Kellnerin in einem Restaurant, ich Hausmeister in der Grundschule, wir hatten unseren Hof, und dann haben wir über Nacht alles verloren. Wir fanden uns in einer Gegend wieder, die wir nicht kannten, unter Menschen, die wir nicht kannten, ohne Arbeit und ohne Dach über dem Kopf. Dann habe ich – wie gesagt – mein Gehirn eingeschaltet und begonnen nachzudenken, wie alles angefangen hat, warum und lauter solche Dinge. Wieso trennen sich Schafe, Spatzen oder Hühner nicht nach Nation oder Glauben? Nirgendwo in der Natur gibt es so etwas. Der Mensch ist die einzige Spezies, die sich so aufteilt und die deshalb streitet und sich gegenseitig abschlachtet – und das seit eh und je. Für uns sind so viele frei erfundene Dinge wichtig, so viele Dinge ziehen unsere Aufmerksamkeit ab vom …

… vom Leben, bot Vida an.

Genau, vom Leben. Dumme Hühner, die sich nie vollständig von ihrer Schale befreit haben, aus der sie geschlüpft sind – das sind wir. Nation, Glaube, Staat, Familie, so habe ich gedacht, von all dem müssen wir uns befreien und in die Welt hinausgehen, und wenn wir das nicht tun, dann wird es uns so gehen, wie es uns jetzt geht. So habe ich mir das überlegt.

Das hast du dir gut überlegt, Alter.

Vielleicht stimmt das sogar, aber es hilft mir trotzdem nicht weiter. Obwohl ich niemanden getötet habe, ich meine keine Zivilisten, obwohl ich kein Haus angezündet habe, was alle hier wissen, werde ich in den Augen der Kroaten für immer ein Tschetnik bleiben.

Für mich bist du kein Tschetnik.

Jokić lachte auf.

Du bist einer, aber was ist mit den anderen vier Millionen?

Es braucht noch etwas Zeit, aber die Dinge werden wieder in Ordnung kommen, sagte Vida.

Nein, werden sie nicht, sagte Jokić, hier werden die Dinge nie wieder in Ordnung kommen. Nur naive Menschen glauben daran, dass die Wahrheit die Lüge vernichten und dass das Richtige das Schlechte besiegen wird. Wahrheit und Lüge leben nebeneinander. Und so glaubt eben der eine an die Lüge und der andere an die Wahrheit. So war es immer schon, und so wird es auch in Zukunft sein. Du sagst, dass ich für dich in Ordnung bin. Danke. Aber für die Mehrheit der Kroaten hier bin ich ein Monster. Aber ich bin immer derselbe, so wie ich halt bin. Ich bin nicht zurückgekommen, weil ich geglaubt habe, dass man mich hier mit offenen Armen empfangen wird, sondern weil ich hier zu Hause bin.

Euer Haus ist niedergebrannt worden, sagte Vida. Das war mehr eine Feststellung als eine Frage.

Ja, aber wir haben es schnell wieder aufgebaut, obwohl es immer noch verbrannt riecht. Doch es geht nicht nur darum und auch nicht darum, dass ich keine Arbeit habe.

Deine Frau arbeitet wieder?

Ja, stell dir vor, in demselben Restaurant wie vor dem Krieg. Wir leben von der Hand in den Mund, wie die Mehrheit der Menschen hier, was das Elend betrifft, sitzen wir alle im gleichen Boot.

Da können wir uns die Hand reichen, sagte Vida und drückte mit einem Stein seinen Zigarettenstummel aus. Ich hänge auch auf der Straße, ich fühle mich wie der letzte Dreck … Zuerst verlangen sie von uns, dass wir im Kugelhagel sterben, und jetzt sollen wir vor Hunger sterben, ich weiß wirklich nicht, wieso wir noch am Leben sind.

Das kann ich alles noch irgendwie ertragen, setzte Jokić fort, dass wir auf Raten leben, dass wir nie wissen, ob wir morgen genug haben, um unser Brot und unsere

Rechnungen zu bezahlen. Das größte Problem liegt darin, dass man mich, wenn ich irgendwo hinkomme, egal, ob in die Stadtverwaltung oder zum Arzt, immer ansieht, als hätte ich die Krätze. In dieser Hinsicht werden wir nie gleich sein. Dich wird nie jemand so ansehen. Dass ich auf der anderen Seite gekämpft habe und besiegt wurde, bedeutet nicht, dass man mich für den Rest meines Lebens wie einen Hund behandeln kann, oder?

So habe ich noch nie darüber nachgedacht, gab Vida zu.

Natürlich nicht, sagte Jokić.

Bald wird es Mittag, sagte Vida und stand auf. Wollen wir uns etwas mehr Schatten suchen?

# Dreizehntes Kapitel

*Wer hat den Wind gebrochen – Der Grillimbiss Zur traurigen Träne – Der falsche Jahrestag – Durst – Die Mauer ist nicht wirklich eine so geniale Idee*

Gärtner sitzt auf einem wackeligen Holzstuhl neben der offen stehenden Schuppentür, hält eine alte Zeitungsseite in den Händen und liest laut vor: »Nachdem wir die Hauptwasserquellen in der Region aufgekauft haben, sind wir so stark geworden, dass wir auch den Wind besiegen können.«

Die alten chinesischen und japanischen Dichter würden darüber ins Staunen geraten. Den Wind besiegen, was sind das nur für Menschen, die sich so etwas wünschen können? Bilder zerstören, die durch alle Zeiten von den Versen des Meisters Ryōkan weitergegeben wurden, zum Beispiel:

> Durchmischt vom Wind
> fällt der Schnee;
> mit Schnee durchmischt
> weht der Wind.

Den Atem der Erde besiegen, wie verrückt muss man sein, um so etwas sagen zu können. Der Wind ist das Einzige in den Städten, das der Mensch noch nicht gezähmt hat, schrieb ein anonymer Schriftsteller am Ende des 20. Jahrhunderts, und Mitte des zweiten Jahrzehnts des 21. Jahrhunderts gab es schon eine Macht, die ihn besiegen konnte.

Das ist der Fortschritt.

Gärtner schiebt Milinović die Zeitungsseite unter die Nase.

Das hast du gesagt, nicht wahr?

Milinović erinnert sich an diese Aussage, die er beim Festessen anlässlich des 30. Jahrestages der ITEX-Gründung gemacht hat.

Um ehrlich zu sein, ist die Firma noch gar nicht so alt, ITEX gibt es erst seit zwanzig Jahren, doch da Ilija Tešić 1984 auf dem Zagreber Friedhof Miroševac eine Imbissgrillbude aus Montageblech namens Zur traurigen Träne aufmachte, in der die Hinterbliebenen neben Ćevapčići, Ražnjići und Pljeskavica auch Weißweinschorle, Bier und Spirituosen bekommen konnten, so wurde dieses Jahr als Gründungsjahr von ITEX festgelegt. Einige Jahre später fiel die Berliner Mauer, der Eiserne Vorhang zerbröselte zu Staub und Asche, viele Staaten gingen in die Brüche, aber nicht so die Blechbude Zur traurigen Träne. Aus ihr erwuchs zunächst Tešić-Commerce, eine Kette von sozialistischen Supermärkten, die Tešić im Rahmen der Kriegstransition für einen Appel und ein Ei aufgekauft hatte, und bald danach dann der Megakonzern ITEX, immer der Strategie folgend: Zerschlage und kaufe. Zerschlagen wurden die großen sozialistischen landwirtschaftlich-industriellen Kombinate, so dass man ihre Produkte anbot, ohne ihnen etwas zu zahlen, dann die Groß-, Einzelhandels- und Vertriebsketten, all das, was *jetzt und hier* Cash brachte, und dann kaufte man sie auf – wieder für einen Appel und ein Ei.

Unter den Hunderten von Festgästen an diesem Abend stachen der Vorsitzende und die Geschäftsführerin der Holding, die links und rechts von Tešić saßen, besonders hervor, weiter einige Banker, der Kardinal, die komplette Regierung der Holding, die Typen vom Diplomatischen Corps, etliche Großgrundbesitzer, Manager und Bischöfe, bis hin zu einigen Showbiz-Größen – Sänger, Schauspieler, Fernsehmoderatoren, Modemacher, Models –, die als Celebrities gefeiert werden. Trunken von der festlichen Atmosphäre und dem Champagner und dem Glanz und der Macht, die von den Gästen abstrahlten und beinahe eine sichtbare Aura in diesem Empfangssaal von Tešićs Residenz bildeten, die übrigens früher das Parlament beherbergt hatte, gab Milinović vor den Journalisten den Spruch vom Besiegen des Windes von sich, und er fügte hinzu, dass ITEX über den Begriff des Konzerns hinausgewachsen und zu einer Naturgewalt geworden sei. Nun, ein Jahr danach, liegt er in seinen Lumpen auf dem Boden des Schuppens, und Gärtner schiebt ihm ein vergilbtes Zeitungsblatt unter die Nase, auf dem all das zu lesen steht.

Den Wind besiegen, interessante Idee, wie hast du dir vorgestellt, so etwas in die Tat umzusetzen?, fragt er ihn.

Das war eine Metapher, sagt Milinović.

Seine Stimme ist bar jeder Emotion, wie jene synthetischen Stimmen auf den Straßen der Stadt und auf den Flughäfen: GEBEN SIE BETTLERN KEIN GELD! FÜTTERN SIE KEINE TAUBEN! LASSEN SIE IHR GEPÄCK NICHT UNBEAUFSICHTIGT! MACHEN SIE KEINE MUSIK AUF DER STRASSE! ITEX-QUELLWASSER – AUS REINER NATUR! SINGEN SIE NICHT! ES IST VERBOTEN, FUSSBALL, BADMINTON, VOLLEYBALL UND ALLE ANDEREN SPIELE ZU SPIELEN!

Gärtner beugte sich zu ihm herab.

Was würdest du sagen, wenn du hörtest, dass ich der Wind bin und dass ich dich besiegen werde. Ist das dann auch eine Metapher?

Töten Sie mich, sagte Milinović.

Sobald er es ausgesprochen hatte, spürte Milinović, dass etwas in ihm wach geworden war, irgendein Wunsch, ein sehr starker Wunsch. Doch er ähnelte überhaupt nicht jenem Wunsch, der ihn durch das Leben getrieben und an die Spitze von ITEX und der Citybank geschwemmt hatte, der Wunsch, über den anderen zu stehen. Jetzt hatte er einen Wunsch, aber nicht den voranzukommen, etwas zu erreichen und etwas zu bewältigen, nicht seine Stellung innerhalb der Holding zu stärken, sondern zu verschwinden. Der Gedanke daran, dass er ohne all das, was er zusammengetragen hatte, zurückbleiben würde, ohne seine Habe, ein Gedanke, bei dem ihm früher die Haare zu Berge gestanden hätten, war ihm nun nicht mehr unerträglich. Plötzlich hatte er aufgehört, sich vor dem Tod zu fürchten. Aber nicht, weil er begriffen hatte, dass die Geburt nicht der Anfang und der Tod nicht das Ende seien, beziehungsweise dass es weder Anfang noch Ende gebe und dass er nur eine bedeutungslose, vorläufige Form sei im ewigen Fluss der Materie, im unendlichen Universum und ähnlichen Firlefanz, so etwas war Milinović nie in den Sinn gekommen und kam ihm auch jetzt nicht in den Sinn. Der Wunsch, dass dieser Typ ihn töten möge, war nur die Flucht aus der Scheiße, in der er sich befand und aus der er keinen Ausweg sah. Nichts von dem, womit er in der Holding mit Leichtigkeit diese – zugegeben sehr unangenehme – Situation hätte lösen konnen, konnte hier helfen. Keine Beziehungen, keine Bekanntschaften, kein Geld, das ihn aus den Händen dieser Schufte hätte befreien können, nichts. Und zum ersten Mal erschien ihm die Idee von der Mauer und von der Holding, die er nach Kräften vertreten hatte, etwas weniger genial. Menschenskinder, so dachte er plötzlich, das alles hat auch seine schlechten Seiten. Was für eine Welt ist das nur, in der du auf der einen Seite der Wand allmächtig bist und jenseits der Wand weniger Bedeutung hast als ein streunender Hund.

Töten Sie mich, wiederholte er.

Doch Gärtner war keine gute Fee, die seine Wünsche erfüllen wollte, ganz im Gegenteil.

Wo denkst du hin, sagte er und sah ihn dabei fröhlich an, ich werde dich nicht erschießen, das ist etwas für das Fußvolk, und du bist doch mein *guest of honour.* Für dich habe ich mir etwas wirklich Besonderes ausgedacht. Ich werde dich mit einer schrecklichen Kraft besiegen, glaub mir, du wirst an der eigenen Haut etwas spüren, was sogar stärker ist als ihr, die ihr stärker seid als der Wind.

Gärtner kannte Durst. Er hatte ihn all jene Jahre während des Studiums gespürt. Durst nach dem Land, das sein Vater verkauft hatte, damit er ein Diplom erlangen konnte. Die Dörfer sterben aus, sagte sein Vater, heute bleiben nur die Dummköpfe auf dem Land, und so fand sich Gärtner in Zagreb wieder. Das Diplom der Wirtschaftsfakultät sollte ihm angeblich die Türen zu den Banken öffnen, in denen sein Vater Sicherheit sah.

Doch ihn interessierte die Ökonomie überhaupt nicht. Für jemanden, der seit seiner frühesten Jugend auf dem Land gearbeitet hatte, der nach einigen Tagen, sobald der Samen aufkeimte, mit bloßen Augen die Früchte seiner Mühen sehen konnte, der von den ersten Frühjahrsarbeiten bis hin zum Transport zu den Speichern seine Ernte umsorgte, war die Ökonomie irgendwie tuntenhaft. Etwas für Warmduscher, so glaubte er. Da gab es nichts, was man in die Hände hätte nehmen können, nichts zu beschnuppern, nichts zum Hineinbeißen, nichts, was man in die Erde pflanzen konnte und dann darauf warten, dass es wächst und reift. Er konnte sich nicht vorstellen, dass er sich mit einer Arbeit beschäftigen würde, deren Produkt er nicht in die Hände nehmen konnte. Sein Leben mit leeren Händen zu verbringen. Und so erstickte er vor Durst und Niedergeschlagenheit.

Gleichzeitig hatte Gärtner keinen Zweifel daran, dass nicht nur ein gut bezahlter, sondern selbst ein irgendwie bezahlter Arbeitsplatz in der Bank nur ein Traum seines Vaters bleiben würde. Der Gott, der hier die Karten verteilte, hatte dieses Mal, genauso wie damals, keine Sympathien für den Ackerbauer. Das Opfer, das sein Vater in Form von Land gebracht hatte, wurde abgelehnt. Gott lächelte irgendwelche anderen Studenten an, deren Väter irgendwelche anderen Opfer gebracht hatten und die genau wussten, wie man sich mit leeren Händen an den Geschäften beteiligt. Gärtner konnte sie schlecht ertragen. Sie riefen in ihm Wut und Verbitterung hervor. Und obwohl er sein Studium beendete, quälte ihn all diese Jahre ein unstillbarer Durst nach Land. Sein Diplom hatte er 2013 bekommen, in demselben Jahr, in dem die Zagreber Mauer fertiggestellt wurde. Er sandte das Diplom mit der Post zu seinem Vater und zog in das besetzte Haus der Ungenießbaren ein. Deren Widerstand hatte einen Sinn, aber warum in Gottes Namen gewaltlos? Das schien ihm dumm. Sie stehen vor einem Kordon der Polizei, skandieren Beleidigungen und Parolen – und nichts ändert sich.

Ihre Revolte und ihre Wut zerstreuen sich wie die Wolken am Himmel, ohne irgendwelche Spuren zu hinterlassen. Und diese Typen sitzen auch weiterhin auf ihren Sesseln, lachen ihnen ins Gesicht und werden immer fetter, doch als er sich vor dem Hanshan jenen Typen geschnappt und ihn dann zur Müllkippe geschleppt und erschossen hatte, fühlte er sich, als sei er nach einer langen Reise zu Hause angekommen. Er konnte wieder die Frucht seiner Arbeit sehen.

Eins verstehe ich nicht, sagte Gärtner und schloss die Schuppentür hinter sich, der Typ hat jahrelang alles Mögliche zusammengerafft und sich überall aufgedrängt, er hat nichts ausgelassen, um Erfolg zu haben, er ist widerlich reich geworden, hat Preise, Ehrungen und all so Sachen eingeheimst, und trotzdem ist er nicht glücklich geworden. Wie ist das möglich?

Fraktalfrau saß auf dem Boden und lehnte mit dem Rücken an dem in Blüte stehenden Pflaumenbaum. Sie sah ihn spöttisch an.

In deiner Frage liegt schon die Antwort, sagte sie.

Gärtner setzte sich neben sie und starrte auf die Hecke aus Forsythien und Felsen-Kirschen. Verwilderte Korbweiden umzingelten die Holzhütte, ganze Fontänen aus jungen Stauden sprossen aus der Erde. Gärtner kümmerte sich nicht um die Hecke, aber dafür beschnitt er die Obstbäume, pflanzte im Garten Gemüse, Kartoffeln, Erdbeeren, Johannisbeeren, Marihuana, all das, was die Ungenießbaren essen, trinken und rauchen konnten. Auf dem Tisch vor dem Schuppen döste eine Katze, die genauso wie sie das verlassene Gebäude der ehemailgen Eisenbahnerkolonie als Heim gewählt hatte.

Ich verstehe dich nicht, sagte er, warum ist er nicht glücklich geworden?

Weil er Karriere gemacht hat, sagte Fraktalfrau, weil er sich sein ganzes Leben lang aufgedrängt hat und zusammengerafft hat, was irgendwie ging – wann hatte der schon Zeit, um glücklich zu werden?

# Vierzehntes Kapitel

*Nebensächliche Ladungen – Radikale Elemente – Unser Körper trabt hinter uns her – Der Gerichtsprozess – Auf der Suche nach der Vegetation*

Der SpanAir Airbus auf der Linie Wien – Madrid ist ausgebucht. Wir fressen Raum und Zeit mit einer Geschwindigkeit von achthundert Kilometern pro Stunde. Ich habe bei dem Alten ein Buch über die ersten Eisenbahnreisen gelesen. Den Reisenden, die soeben die Kutsche gegen die Bahn ausgetauscht hatten, schien es, als wäre sie aus einer Kanone abgefeuert worden. Es fehlte nicht viel, um wirklich in Kanonenkugeln zu reisen. Die immer schneller und schneller werden, womit es nur eine Frage der Zeit ist, wann wir unser Ziel erreichen werden, bevor wir losgefahren sind.

Wie wir es auch wenden, der Mensch ist im Verkehr nur eine nebensächliche Ladung. Die Eisenbahn wurde nicht erfunden, um das Reisen der Menschen zu vereinfachen und zu beschleunigen, sondern um den Transport von Rinder- und Schweinekoteletts, von Kohle und Eisen billiger und schneller zu machen. Der Reisende ist erst später in den Zug gestiegen. Es ist fraglich, ob die Profiteure das Geld in eine Erfindung investiert hätten, die Menschen und Pferde aus der Profitkette entfernen konnte und aus der am Ende die Eisenbahn entstand, wenn zu Beginn des 19. Jahrhunderts das Steigen der Preise für Getreide und andere Lebensmittel in Großbritannien den Preis für menschliche und tierische Arbeitskraft nicht verdoppelt hätte.

Auch in Flugzeugen ist der Mensch nur eine nebensächliche Ladung. Nur ein Zehntel des Gewichts, die diese tragen, fällt auf die Menschen und ihr Gepäck, der Rest auf wertvollere und profitablere Last.

Das Problem mit den Verkehrsmitteln ist, dass ihre Bequemlichkeit meist in umgekehrt proportionalem Verhältnis zu ihrer Geschwindigkeit steht. Das Flugzeug ist ein Paradies für Klaustrophile. Ich bin eingequetscht auf einen Raum von ungefähr vierzig mal vierzig Zentimeter. Im Gefängnis ging es gemütlicher zu. Ich sehe nicht, wer vor und wer hinter mir ist. Links und rechts von mir sitzen ein junger Mann und eine junge Frau. Aus Richtung ihrer Ohren dröhnt Musik. Etwas Elektronisches, Frenetisches, Tanzbares, Schreckliches. Ich versuche, es zu ignorieren und an etwas anderes zu denken. Daran, wie ich zum Schatten meiner alten Kumpel geworden bin zum Beispiel. Wohin auch immer sich Fraktalfrau und Gärtner bewegen, ich bewege mich in die gleiche Richtung. Und genauso werden sie von einem anderen geleitet, der wiederum von einem Dritten geleitet wird und so ins Unendliche. Wir sind alle der Schatten von irgendjemandem. In diesem Spiel muss es jemanden geben, der sich nach mir richtet, ich würde gerne wissen, wer das ist.

Wie fahren Fraktalfrau und Gärtner eigentlich nach Madrid? Höchstwahrscheinlich mit dem Auto. Die Reise mit dem Flugzeug ist für uns ein Risiko, seitdem vor zehn Jahren, im Sommer 2010, die Idioten des Ministerrates der Europäischen Union ein Dokument über die *radikalen Elemente* beschlossen haben, das der Polizei und den Nachrichtendiensten die ungehinderte Sammlung von Daten über die Verbreitung radikaler Botschaften und über die Personen, die eine Bedrohung für die Sicherheit der Fettärsche und des Systems darstellen, ermöglicht. Nach dieser Definition ist jede Person als *radikal* anzusehen, die eine andere Meinung hat als die Idioten aus dem Ministerrat.

FAQ

Wenn der Ministerrat der EU meint, dass ein Jahr zwölf Monate hat, und ich, dass diese Aufteilung reinster Blödsinn ist, dass die Natur keine Aufteilung in Jahre, Monate, Tage, Stunden usw. kennt, bin ich dann ein radikales Element?

Ja, Sie sind ein radikales Element.

Was soll ich tun, wenn ich feststelle, dass ich ein radikales Element bin?

Melden Sie sich bei der nächstgelegenen Polizeidienststelle, bereuen Sie und unterschreiben Sie die Aussage, dass Sie Ihren radikalen Positionen abschwören.

Oder hängen Sie sich einfach auf.

Die Idioten haben also festgestellt, dass eine ernsthafte Bedrohung für die Sicherheit auch von den Anti-Globalisten, den Feministinnen, den Friedens- und Umweltaktivisten, den Yogis, den Kommunisten, den Vegetariern, den Makrobiotikern, den islamischen Gläubigen, den Buddhisten, den Aktivisten von Menschenrechtsorganisationen, den Mitgliedern von Homosexuellen-Verbänden usw. ausgeht. Wir kamen nicht als Entführer und Mörder auf die Liste, man hatte ja von unserer Identität keine Ahnung, sondern als Mitglieder einer gewaltlosen Gruppe der direkten Aktion. Und an jedem Flughafen und jedem anderen Ort in Europa und den USA konnte uns jeder Bulle verhaften und ausliefern.

Was immer noch besser war als Konzentrationslager und Gaskammern.

Vor Gericht habe ich nicht viel über die Ungenießbaren ausgesagt. Ich sagte, dass die Ungenießbaren eine supergeheime Organisation seien und dass ich niemandes wahre Identität kennen würde. Dass ich nicht wisse, wer die Aktionen geplant habe. Dass ich einen Tag vor jeder Aktion eine E-Mail mit den notwendigen Informationen bekommen hätte. Dass beim Strohhalmziehen festgelegt worden wäre, wer die Exekution ausführen musste. Nein, auf diese Frage möchte ich nicht antworten, denn auch die Gesetze der Holding lassen es nicht zu, dass ein Angeklagter zum eigenen Nachteil aussagen muss. Nein, ich bereue nichts von dem, was ich getan habe, weder mit den Ungenießbaren noch während meines gesamten Lebens. Vielleicht tut es mir nur leid, dass es uns nicht gelungen ist, Tešić zu schnappen. Die Frage ist dumm, denn selbst wenn ich es mir wünschen würde, könnte ich diese Taten nicht wiederholen, das Leben besteht nicht aus Wiederholungen und zweiten Chancen. Nein, ich bereue es nicht. Ja, es ist mir egal, wie lange ich sitzen werde.

Ich log in Bezug auf die Ungenießbaren, und sie wussten das auch, aber es störte niemanden besonders. Die Holdinggerechtigkeit war befriedigt, die Medien hatten frische Ware bekommen, die Werbeinserenten rieben sich die Hände, die Öffentlichkeit war gesättigt, alle waren glücklich und zufrieden. Auf gewisse Weise war ich es auch.

Fraktalfrau mochte keine Flugzeuge, sie mochte nichts, was schneller war als ein Fahrrad. Obwohl sie Auto fuhr, verachtete sie aus der Tiefe ihrer Seele diese abscheuliche Krücke. Sie benutzte es nur für Aktionen. Strictly business. Ansonsten nur Fahrrad und zu Fuß. Alles ökofriendly.

Ich bin sicher, dass sie auf meine Überlegung, dass wir bald das Ziel erreichen würden, bevor wir losgefahren seien, erwidern würde: Wie? So ist es doch schon. Bringt uns nicht jede Flugzeugreise ans Ziel, bevor sich unser Körper darauf eingestellt hat? Unsere Körper traben hinter uns her. Jetlag.

Wo ich gerade beim Zufußgehen bin, wir gingen häufig in die Berge, auf der Suche nach der Vegetation, Fraktalfrau und ich. Fraktalfrau betrachtete Wurzeln, Blätter, Stauden, Blüten und Früchte, die man trinken oder essen kann, roh gekocht, gedünstet, gebraten, ganz egal, als Vegetation. Schade um die Schönheit, pflegte sie zu sagen, wenn sie vor einem blühenden Nieswurz stand, der auf das Nervensystem der Menschen eine Wirkung hat, für die Händler und Politiker monatelange heftige Kampagnen benötigen, stundenlange Fernseh- und Radiosendungen, Terabytes des Internetspaces, Quadratkilometer

Papier und Tonnen von Geld. Sein Nervengift reizt zunächst, und dann paralysiert es das Nervensystem, der Mensch wird unempfindlich, lustlos und träge. Eine ähnliche Wirkung hat auf die Menschen auch das Fernsehen und das Zeitungslesen. Aber die Wirkung des Nieswurzes ist humaner, er tötet schneller. Das Fernsehen hält uns jahrzehntelang paralysiert, und erst dann tötet es uns.

Im Frühjahr suchten wir auf den Wiesen der Region Gorski Kotar nach Vegetation. Im Frühsommer waren wir schon auf den Hochebenen, und im August pflückten wir Himbeeren, Erdbeeren und Brombeeren auf den Almen des Velebits, des Risnjaks und anderer Berge. Im Herbst stiegen wir in den Canyon des Flusses Krupa und in die Obstgärten der verlassenen Dörfer von Žumberak herab und naschten dort von den wilden Feigen und altertümlichen Birnen- und Apfelsorten.

Aber dann fragte Gärtner jenen Typen vor dem Hanshan: Sag mal, wie viele Anzüge kannst du in einer Stunde nähen?

Der Typ blickte ihn verächtlich an und antwortete, dass er doch kein Malocher sei.

Gärtner erwiderte darauf: Das sehe ich.

Und führte ihn zur Müllhalde ab.

Seitdem suchten wir nicht mehr nach Vegetation, und wir unterhielten uns auch immer seltener.

Was würde sie über diese lärmenden Ohren hier sagen?

Ich klopfte dem jungen Mann auf die Schulter. Er wandte sich um und sah mich übel gelaunt an.

Können Sie diese Ohren etwas weniger laut stellen, sagte ich.

Er zog den Knopf aus seinem Ohr und sagte: Wie bitte?

Ich frage mich gerade, sagte ich, ob die Gassen um den Platz Lavapies immer noch nach Urin stinken.

# Fünfzehntes Kapitel

*Ein Gefäß, gefüllt mit flüssigem Licht – Was hören wir, wenn es keine Geräusche gibt? – Der Bosnier – Ans Leben geheftet – Eine Journalistin aus der Rubrik Klatsch und Tratsch – »Als könnten Sie den Regen daran hindern zu fallen«*

Vida liegt mit offenen Augen in einer klaren, hellgrünen Flüssigkeit. Sein Zelt kommt ihm so vor – wie ein Gefäß mit dünnen, durchsichtigen Wänden, gefüllt mit Flüssigkeit aus morgendlichem Licht. Und er liegt am Boden. Außer ihm sind ein Tütchen mit Instantsuppe, ein Teekessel, eine Reservekartusche mit Gas, eine Feldflasche und ein Einliterkochtopf aus Aluminium niedergesunken.

Der Eingang steht offen. Vor dem Zelt sieht man einen Gaskocher, über die Wiese verstreute Büsche, Felsahorne, eine Felsklippe und den Himmel darüber. Der Himmel ist klar, blau. Die ganze Nacht hindurch hat die Bora geweht. Das Zelt hat sich unter den Windböen gewunden, die kalte silikonüberzogene Zeltwand hat seine Wangen bis zur Morgendämmerung gestreichelt, dann flaute die Bora ab.

Er hört den Kuckuck bei seinem morgendlichen Rundgang, das Rufen der Vögel, die sich auf die Büsche vor dem Zelt stürzen, einige Zeit plappern sie so daher und fliegen dann weiter, ihr Geplauder entschwindet in der Ferne.

Was hören wir, wenn es keine Geräusche gibt?, kommt es ihm in den Sinn, während er aus dem Schlafsack herauskriecht. Wir sind nicht taub, wir müssen auch etwas hören, wenn es keine Geräusche gibt.

Er liegt auf dem Boden des lichtdurchfluteten Zelts. Er betrachtet seine Füße. Die Schwellung seines Gelenks ist zurückgegangen, nur ein dunkelblauer Bluterguss ist noch zu sehen. An der Stelle, an der die Schlange zugebissen hat: zwei dunkle Pünktchen. Heute könnte er zusammenpacken und nach Hause zurückkehren. Warum ist er überhaupt hierhergekommen? Wegen Robert, oder wegen ... Mensch, wie hieß noch gleich dieser Bosnier? Diese Namen, sie verschwinden, als wären sie auf Wasser geschrieben. Das Gesicht voller Narben, seine Bewegungen, Erinnerungen an seine Stimme, alles ist noch da, nur der Name fehlt, und Vida winkt mit der Hand ab, wer schert sich schon um einen Namen, er ist dem Mensch sowieso nur angeklebt worden, ein Etikett.

Vida ist sich nicht sicher, ob der Bosnier Ende 1994 oder Anfang 1995 zu ihnen gestoßen ist, die Ereignisse wechselten so schnell, dass er sie manchmal, auch wenn die Erinnerungen ganz deutlich sind, nicht nur nicht einem bestimmten Monat, sondern nicht einmal einem Jahr zuordnen kann. Auf jeden Fall erzählte der Bosnier von einer Anhöhe bei Novi Travnik, um die monatelang heftig gekämpft wurde und wo die Granate einer Haubitze ihn aus dem Schützengraben herauskatapultierte und sein Gesicht verunstaltete.

Ich weiß es nicht genau, hatte er gesagt, aber ich glaube, dass dieses Gelände einige hundert Leben gekostet hat. Unsere und ihre zusammengenommen. Ihre – das bezog sich auf die Muslime.

Das Wort »zusammen« ließ damals etwas bei Vida klingen. Die Worte des Bosniers hatte er folgendermaßen gedeutet: Wenn wir schon im Leben nicht zusammen sein konnten, so können wir es zumindest im Tod. Ihre Tode + Unsere Tode = Zusammen. Das ist die Algebra des Schreckens, die Horrorvision von Romeo und Julia in der Manie eines balkanischen Massenschauspiels. Und all das wegen eines wertlosen Stückchens Erde. Eines GELÄNDES. Und dann hatte ihn das Schicksal auch noch zur Tulove Grede verschlagen. Auf ein weiteres wertloses Gelände. Um die Romanze »zusammen« in kroatischem Moll zu Ende zu bringen.

Eines Morgens erwischte den Bosnier ein gezielter Treffer mit einer Antipanzergranate, die die Felsen und den Himmel mit ihm bestrich. An dem Ort seines Todes fand Vida später einen Knopf seiner Uniform. Einen einzigen Knopf. Das war alles, was von ihm übrig geblieben war.

Aber Vida war nicht auf den Berg gekommen, um in seinen Erinnerungen herumzuwühlen, das hätte er auch zu Hause tun können. Er war auch nicht auf der Flucht vor jenen Problemen, die der Verlust seiner Arbeit mit sich gebracht hatte. Fliehen ist schwer, kann man überhaupt vor etwas fliehen? Es gibt keine Flucht, wir kleben am Leben, und einer, der flieht, hat sich damit noch nicht gerettet.

Zwei seiner Bekannten hatten damals ihre Einberufungsbefehle bekommen. Der eine war dem Befehl gefolgt und war in den Krieg gezogen, der andere hatte sich nach Slowenien verdrückt. Der erste kam mehr oder weniger unbeschadet nach Hause. Wenn man von der Schlaflosigkeit, von den allnächtlichen Albträumen, den Schweißanfällen, der Übelkeit, dem Zittern, den Panikattacken in geschlossenen Räumen mit vielen Menschen absieht.

Der andere geriet ganz zufällig in einer Bar an der slowenisch-ungarischen Grenze in eine Schießerei, und heute sitzt er gelähmt im Rollstuhl. Und dann verfolgt ihn noch ein ständiges Gefühl von Wut und Neid, weil die Kugel in seinem Rücken und nicht in dem Rücken des Mannes am Nachbartisch gelandet war.

Vida wusste nicht mehr, wo er hingehörte. Darum war er auf den Berg gekommen. In seinem eigenen Heim fühlte er sich nicht mehr zu Hause. Er ragte irgendwie heraus, man würde ihn beim Spiel »Den Eindringling aufspüren« sofort entdecken. Zagreb erschien ihm wie eine Einzelzelle mit abgestandener Luft, die er nicht einatmen konnte. Er hatte das Gefühl zu ersticken. Es kam ihm so vor, als würde ein Wesen in seinen Eingeweiden heranwachsen, das ihn von innen auffraß und so die Leere in ihm tiefer und größer machte. Er begann zu glauben, dass sein Leben nie erfüllter gewesen war als in jenen Jahren, die er an den Frontlinien verbracht hatte und in denen ihn jeden Moment eine Kugel oder ein Granatensplitter hätte erwischen können, als jeder Augenblick die gesamte Zeit der Welt in sich barg, die gesamte Vergangenheit, Gegenwart und Zukunft. Soldaten haben im Krieg ein unglaublich gut entwickeltes Gespür für die Gegenwart, so wie Tiere. Sie leben zwischen zwei Wimpernschlägen, ohne sich dabei darum zu scheren, was morgen sein wird, ob es regnet, ob es kalt ist, welche Tages- und Jahreszeit herrscht, in welchem Jahr und welchem Jahrhundert all das geschieht – das alles sind Nebensächlichkeiten für Soldaten. Sie haben ihre eigene Welt erschaffen, in der es weder Platz für das Durchkauen von Erinnerungen noch für Zukunftspläne gibt, in der jede Sekunde eine Ewigkeit ist, in der sie nur atmen, schlafen, essen …

Und das tun, wofür sie vom Steuerzahler bezahlt werden.

Und dann war plötzlich alles weg.

Als Vida aus dem Krieg nach Hause kam, hatte er den Eindruck, dass er jahrzehntelang fort gewesen war. Die Dinge dort standen auf dem Kopf. Seine Frau arbeitete, aber sie bekam kein Gehalt. Das Gebäude, in dem sie wohnten, befand sich nicht mehr in der Straße für die Opfer des Faschismus, sondern in der Straße der kroatischen Ritter. Sein ehemaliger Nachbar war plötzlich kein Taschendieb mehr, sondern Sekretär der regierenden Partei. Ein Bäcker war Verteidigungsminister, ein LKW-Fahrer Industrieller und ein Kellner Bauunternehmer. Die Journalistin einer Klatsch- und Tratsch-Rubrik war zur Premierministerin geworden. Ihr Stellvertreter war ein Pornohändler. Kriminelle wurden zu Geschäftsmännern, Kommunisten zu Kirchgängern, Faschisten zu Patrioten, Patrioten zu Verrätern.

Hukeiverbres.

Vida sah die ehemalige Klatsch- und Tratsch-Journalistin im Fernsehen. Sie sagte: Ich bin auf das Pferd gestiegen und habe die Zügel in die Hand genommen, und nun werde ich das Pferd in die richtige Richtung lenken. Oder: Das Pferd hinkt nicht, weil es verletzt ist, sondern es ist ein Zeichen für die Erholung unserer Wirtschaft.

Und ähnlichen Blödsinn am laufenden Band.

Dann machte man sie darauf aufmerksam, dass wegen des Pferdes ihre Popularität sinke – und sie legte eine andere Kassette ein, sie begann nun, über Schiffe zu sprechen: Unser Schiff fährt sicher … Unser Schiff ist auf einem guten Kurs … Ich halte das Steuer fest in meinen Händen …

Vida knallte die Fernbedienung gegen den Fernseher. Seine Frau sagte: Lass das, es ist schade drum, dieses Fernsehgerät ist eines der wenigen Dinge in diesem Staat, die funktionieren.

Vida verlor die Orientierung. Als hätte er einen kräftigen Schlag auf den Kopf bekommen. In seinem Kopf dröhnten Worte, deren Bedeutung sich verändert hatte, und es gelang ihm nicht, sich diese neuen Bedeutungen einzuprägen, sie mit Dingen zu verbinden, für die sie nach den neuen Regeln standen. Er verstand nicht, warum seine Frau zur Arbeit ging, ohne dafür ein Gehalt zu bekommen. Noch warum man die Sonderpolizei auf friedliche Demonstranten hetzte.

Als könntet ihr den Regen verhindern, sagte ein junger Mann zu Vida.

Sie standen sich gegenüber. Es herrschte vierzig Grad im Schatten. Der junge Mann trug ein T-Shirt, eine kurze Hose und Flipflops. Er leckte an einem Eis. Vida schwitzte in voller Ausrüstung, Stiefel, Schoner an Beinen, Brust, Unterarmen, Schultern, Helm mit heruntergelassenem Visier, ein Plexiglasschild in der einen und einen langen Knüppel aus Hartgummi in der anderen Hand.

Als gäbe es ein so großes Gefängnis, das uns alle aufnehmen könnte, sagte der junge Mann weiter und sah ihm direkt in die Augen.

Worauf wartest du, mach ihn fertig, sagte der Einsatzleiter zu Vida.

Und Vida stürzte sich auf den Einsatzleiter und machte ihn fertig.

Deshalb war Vida auf den Berg gekommen, um Antworten auf die Fragen zu suchen, auf die die Stadt nicht reagierte, doch auch der Berg war stumm. Nun liegt er in dem lichterfüllten Zelt und horcht auf die Schritte, die sich nähern.

Was für ein komischer Typ, dieser Jokić, denkt er. Er spricht vielleicht nicht unbedingt so wie ein alter Weiser, aber das, was er sagt, ergibt doch einen Sinn. Vor allem das über die Nationalitäten und den Glauben … Tatsächlich, wie kann etwas, weswegen sich Menschen gegenseitig verfolgen und töten, gut sein? Vida kriecht aus dem Zelt und sieht Jokić am Waldrand entlanglaufen. Er hat eine Tasse in der Hand.

Ich habe dich vor einer halben Stunde gehört, sagt er zu ihm, während er sich die Hose anzieht. Wie willst du dich im Berg verstecken, wenn du herumtrampelst wie ein Nashorn.

Woher weißt du, wie ein Nashorn herumtrampelt?

Ich weiß es einfach.

Du warst in Afrika.

Ich habe es im Fernsehen gesehen.

Im Fernsehen reden sie nur dummes Zeug, denen kannst du doch nicht glauben.

Schon gut, Vida reckt die Arme in die Luft. Was willst du mit der Tasse?

Jokić schiebt ihm die Tasse unter die Nase. Eine alte, zerkratzte, verbeulte Blechtasse mit einer Zeichnung, die die Partisanenkuriere Mirko und Slavko zeigt, wie sie sich vornüber gebeugt auf den unsichtbaren Feind stürzen.

Erinnerst du dich?, fragt er.

Natürlich, sagt Vida, ich habe diesen Comic immer gehasst.

Du lügst, sagt Jokić, wir haben ihn alle geliebt.

Was hast du mit der Tasse vor, willst du sie mir schenken?

Nein, ich werde Kaffee daraus trinken. Ich nehme an, dass du kein Kaffeeservice aus Porzellan mit dir herumschleppst.

Vida gießt Wasser in einen Teekessel und stellt ihn auf den Gaskocher. Beide vermischen Instantkaffee und Zucker in ihren Tassen. Dann setzen sie sich in den Schatten des Felsahorns und warten schweigend, bis das Wasser aufkocht. In den letzten Tagen haben sie oft stundenlang kein Wort miteinander gewechselt. Vielleicht haben sie einander nicht nötig, zumindest beherrschen sie die Kunst, zusammen allein zu sein.

# Sechzehntes Kapitel

*Der Brunnen des gefallenen Engels – Keinen Cent mehr für die Kirche! – Solange die Kreditkarte funktioniert, ist alles in Ordnung – Die Insel – Der Tisch von Ernest Hemingway*

Um den Brunnen des gefallenen Engels im Park Retiro in Madrid herum hat sich eine lustige Gesellschaft versammelt. Rastafari, Anarchisten, Punker, Schwule, Lesben, Transsexuelle, Kommunisten und eine Gruppe neugieriger japanischer Touristen schwirren um die Köpfe der metallenen Dämonen, aus deren Mündern voller spitzer Zähne Wasserstrahlen hervorschießen. Der mit Vogelscheiße überzogene gefallene Engel schreit hoch oben auf der Säule. Aus Lautsprechern, die auf einem kleinen Lieferwagen installiert sind, hört man die Stimme eines unsichtbaren Redners:

Jener, der Bescheidenheit und Armut predigt, kostet uns zehn Milliarden Euro im Jahr – so viel zahlt der Staat von UNSEREN STEUERN an den Vatikan. Und sein Ausflug nach Spanien kostet uns acht Millionen Euro. Wollen wir das?

Nein, antwortet die Menge und bläst in Trompeten, Trillerpfeifen, wedelt mit den Transparenten.

Wollen wir die Legalisierung der Abtreibung?

Ja, schreit, trompetet, trillert, pfeift, wedelt die Menge.

Er soll nicht herkommen und für uns beten! Er soll für die Pädophilen in der Kirche beten, er soll für die Heuchler in Soutanen beten, wir brauchen ihn nicht, er soll sich mit seinem Satansmobil verpissen.

Die Menge schreit, trompetet, wedelt, hüpft. In den Lautsprechern ersetzt der Dub von Fire Fe The Vatican von Lee Scratch Perry den Redner.

Schau mal, wie vollgeschissen der ist, Gärtner zeigt auf den geflügelten Rebellen.

Er hat jedes Stück Scheiße, das er abbekommen hat, verdient, sagt Fraktalfrau.

Warum, ist Lucifer etwa nicht in Ordnung?

Fraktalfrau lacht.

Eigentlich bezieht sich das nicht auf ihn, sie zeigt auf das verdreckte Denkmal, sondern auf Buddha, das ist der Vers eines verrückten Zen-Mönchs.

Entlang des Paseo de Uruguay nähert sich eine Gruppe Frauen, begleitet von Trommlerinnen mit auffällig gepuderten Wangen, geschminkten Lippen und Augen, gekleidet in schwarze Tops und grellrote Miniröcke, mit schwarzen Netzstrümpfen und Schuhen mit hohen Absätzen. Die Frauen tragen ein zehn Meter langes Transparent aus festem Stoff mit sich: WIR SIND KEINE HEILIGEN – WIR SIND NUTTEN, FEMINISTINNEN, WIR TREIBEN AB UND WIR SIND VERRÜCKT.

Ich kenne dieses Transparent, sagt Fraktalfrau.

Dein Wissen ist unerschöpflich, ganz egal, ob es um Zen-Dichtung, Feminismus, Psychologie oder was auch immer geht, sagt Gärtner bissig.

Ich sehe nur das, was ich betrachte, sagt sie.

Was soll das heißen, als würde ich nicht sehen, was ich betrachte.

Genau, du siehst nur dich selbst, sagt sie gehässig. Vor einigen Jahren habe ich eine Reportage über die Proteste in Barcelona gegen den Papst gesehen, und da tauchte dieses Transparent auf.

Und daran kannst du dich erinnern?

Ja, dieser Spruch gefällt mir. Damals haben die Leute Transparente mit der Aufschrift ICH WARTE NICHT AUF DICH an ihre Balkone gehängt, und das fand ich auch gut.

Der Lieferwagen mit den Lautsprechern begann sich auf den Ausgang des Parks zuzubewegen. Hinter ihm reihten sich die Trommlerinnen und die Demonstranten ein.

JESUS WÄRE HEUTE AUF UNSERER SEITE

KEINEN CENT MEHR DER KIRCHE!

Sie gingen zum Bahnhof Atocha. Der Hauptteil der Demonstration versammelte sich um das Denkmal für die Opfer des Attentats vom 1. März 2004, an dem der Papst beten sollte. Der Verkehr um den Bahnhof herum lag lahm. Tausende Demonstranten standen einem schwer gerüsteten Polizeikordon gegenüber, unterstützt von Reitertruppen, gepanzerten Transportern mit Frontgittern und Wasserwerfern. Hubschrauber kreisten über der Stadt.

JESUS WÜRDE NICHT UNSERE STEUERN ABSAUGEN

VATIKAN ABSCHAFFEN – SOFORT!

Auf einem Plakat war der Papst mit einem Hakenkreuz auf der Brust abgebildet. Und sein Gewand wurde von drei übergewichtigen Männern gehalten, einer mit Generalsuniform mit Epauletten, der zweite mit Polizeiuniform, während der dritte mit einem Frack bekleidet war und einen Geldsack geschultert hatte. Ein anderes Plakat zeigte zwei Männer, die sich küssten, und man konnte lesen NO PASSARÁN! Auf einem dritten Plakat war Jesus gezeigt, der Magdalena umarmte und die Tiara und das Wappen des Papstes zertrat.

An der Ecke zum botanischen Garten stehen ungefähr zwanzig Polizisten und starren hinter ihren geschlossenen Visieren auf den Demonstrationszug.

Hör mal, sagt Gärtner, wie wäre es, wenn wir uns langsam hier verdrücken würden, ich möchte lieber nichts mit den Bullen zu tun bekommen. Denen kann weiß Gott was einfallen, du siehst doch, wie aufgeladen die sind.

Du hast Schiss, nicht wahr, sagt Fraktalfrau, du denkst, dass der Kardinal sich beim Papst beschwert hat, dass du seinen Liebling umgelegt hast, und dass all diese Typen jetzt hinter dir her sind.

Blöder Witz. Wir sind nicht hierhergekommen, um Probleme zu suchen.

Warum sind wir dann hier?

Du weißt das doch am besten, sagt er, es war deine Idee, hierherzukommen.

Wegen Lorca, sagt sie.

Sie machten einen großen Bogen um den Polizeikordon und den botanischen Garten und stiegen zum Paseo del Prado herab. Aus Richtung Bahnhof drang das Stimmengewirr der Demonstranten zu ihnen, verstärkt durch die Trommeln und Trillerpfeifen. Sie überquerten die leergefegte, schattige Avenue, über der die Baumkronen riesiger Platanen, Mittelmeerkiefern, Lärchen ein Dach bildeten, und sie begannen die Calle de las Huertas in Richtung Stadtzentrum hinaufzulaufen. Es war kurz vor Mittag. Die Calle de las Huertas ist eine Einbahnstraße mit vielen Bäumen, in Madrid ist Schatten kostbar. Ein bärtiger Mann mit zersaustem Haar, der auf einer Bank aus Stein unter einem Akazienbaum lag, schlüpfte aus seinem Schlafsack. Als er sie sah, hielt er ihnen seine schmutzige, fettige Bettelbüchse aus Pappe hin.

Es ist nicht Geld, was du brauchst, mein Freund, murmelte Fraktalfrau im Vorbeigehen.

Danke für die Liebenswürdigkeit und das Verständnis, rief er hinter ihr her.

Sag mal, warum hast du ihm nicht ein paar Cent gegeben?, fragte Gärtner.

Weil auch wir bald eine solche Bettelbüchse brauchen werden, antwortete sie. Oder wir müssen auch hier anfangen, die Bonzen und Geldsäcke zu entführen.

Obwohl die Ungenießbaren nach dem Prinzip *Je mehr der Mensch braucht, um sich gut zu fühlen, umso geringer ist die Wahrscheinlichkeit, dass die Dinge eine böse Wendung nehmen* gelebt hatten, lebten sie doch nicht von Luft. Wie wir gesehen haben, benötigten sie keinen Strom, Wasser entnahmen sie der Erde, einen Großteil ihrer Nahrung holten sie sich aus Müllcontainern, doch dort konnten sie nicht alles finden, zum Beispiel gab es da keinen Tee, Kaffee, kein Mehl und keine Gewürze. Die Müllcontainer in der Zone waren nicht so gut bestückt, dort wurde in den Supermärkten vor allem Ware verkauft, deren Haltbarkeitsdatum schon abgelaufen oder doch beinahe abgelaufen war, all das, was in der Holding direkt im Müllcontainer gelandet wäre. Das Geld diente den Ungenießbaren also nicht als Brennstoff, sie kauften dafür Vitamine, Eiweiß, Mineralien, sie verwendeten es auch, um auszugehen, zu verreisen und um Benzin zu bezahlen. Sie hatten keine Mäzene, und sie waren ein wenig zu radikal für Brauereien und Telefongesellschaften, die ansonsten gerne alternative Bewegungen für ihre Werbung einspannen. Deshalb verwendeten sie die Kreditkarten der Entführten.

Das System war einfach: Während eine Gruppe den Entführten fortschaffte, ging eine andere zum Shopping in der Holding. Es fiel den Verkäufern nicht im Traum ein, Probleme zu machen, weil irgendjemand zwanzig Markenuhren kaufte oder eine komplette Palette *gadgets* – ganz im Gegenteil. Solange die Kreditkarte in Ordnung ist – ist alles in Ordnung. Man muss ja Geld ausgeben, und jeder, der eine gültige Kreditkarte hat und Geld ausgeben will, ist ein guter, anständiger und angesehener Bürger. Den Käufern in der Zone kam es noch weniger in den Sinn, irgendwelche Fragen nach der Herkunft der Waren zu stellen, und selbst wenn sie gewusst hätten, dass ein iPad oder ein ähnlicher Gegenstand mit der Kreditkarte, die man einem Bonzen aus der Holding abgenommen hatte, gekauft worden war, wäre es erst recht eine gute Empfehlung gewesen, ein zusätzlicher Kaufanreiz. Und das Geld vermehrte sich in der Büchse der Ungenießbaren.

Ein sauberes Geschäft.

Den Ungenießbaren kam entgegen, dass die Holding von Gier verseucht war, dass man jeden Holdingangestellten bestechen konnte, von der Vorstandsvorsitzenden bis hin zu den Polizisten an den Kontrollpunkten der Einfahrten, abhängig davon, was man brauchte und wie viel Geld man hatte. Eine bestechliche Spitze hat ihre Entsprechung am Boden. Die Schmiergelder orientierten sich an den Löhnen. Wenn man zum Beispiel mit 10.000 € einen Minister schmieren konnte, und das konnte man auch schon für einen viel bescheideneren Betrag, dann drückte der Polizist schon für 300 € ein Auge zu. Und für seine ständigen Kunden drückte er auch schon mal für 100 € ein Auge zu.

Die Ungenießbaren hatten ihre Polizisten an einem Kontrollpunkt an der Brücke der verdienstvollen Hukeiverbres, der ehemaligen Brücke der Jugend. Formal schmuggelten sie verbotene Bücher in die Holding, alte pornografische Mappen, Marihuana und Haschisch, doch das war eigentlich nur eine Nebentätigkeit. Wichtiger war für sie, dass die Polizisten ein Auge zudrückten, wenn sie gelegentlich etwas aus der Holding herausschmuggelten.

Aber dann weigerte sich Vanča, Milinović durch Flüssigkeitsentzug umzubringen. Er sagte, dass ihn das anekeln würde. So habe man in Amsterdam, führte er aus, afrikanische Schwarze an Durst und Hunger verrecken lassen, nachdem man sie bei der Weltausstellung als Exponate in Käfigen zur Schau gestellt hatte. Und seit wann würden sich die Ungenießbaren der Methoden von Rassisten und Faschisten bedienen. Warum tötest du ihn nicht einfach?, blaffte er Gärtner an.

Als sich Vanča der Polizei stellte, verließen die Ungenießbaren die Eisenbahnerkolonie und zerstreuten sich

– jeder auf der Suche nach seinem eigenen Glück. Doch Glück und Unglück sind Begriffe, über deren Bedeutung sich zwei Menschen selten einig werden können. Immer wenn Gärtner Glück hatte, musste irgendjemand dran glauben. Pavić, Milinović und einige andere könnten davon ein Lied singen, wenn sie es noch könnten. Und dann schnappte sich Gärtner den Liebling des Kardinals, was Unglück über ihn selbst, diesen bedauernswerten Mann, über den Kardinal und über Fraktalfrau brachte.

Ein völliger Reinfall.

Und jetzt warten sie beide in gebührender Entfernung darauf, dass Gras über die Sache wächst. Es gibt nur wenige sichere Verstecke auf dieser rotierenden Ansammlung von Materie. Hätte Vanča gesungen, wären sie schon längst erwischt worden. Das war ihnen völlig klar, doch sie haben trotzdem die Zone verlassen, wer weiß, was ihm im Gefängnis noch alles einfallen würde. Wer hätte schließlich ahnen können, dass er so blöd der Polizei in die Arme rennen würde. In Wien hatten sie erfahren, dass Vanča aus dem Gefängnis entlassen worden war. Mišo China hatte es ihnen gemeldet. Er hatte erzählt, dass er sich nach ihnen erkundigt habe und dass er jetzt für Milinovićs Witwe arbeitete.

Sie irren durch die Gassen der Altstadt von Madrid, sie gehen vorbei an Bars, Cafés, Tavernen, Herbergen, den herabgelassenen eisernen Rollos von Geschäften und Garagen, die mit Graffiti besprayt sind, an Tattoostudios, Blumenläden, dem Portrait von Oscar Wilde, das auf Keramikfliesen gemalt ist, an VINOS Y TAPAS, JOSE GOMEZ, MIRANDA, DON FLAMENCO, CENTRO DE

ESTETICA, EL INTI DE ORO, COMIDAS Y LICORES, Schriftzügen, die man auf Schaufenstern, Fassaden, Tafeln aus Blech und Plexiglasscheiben lesen kann.

Weißt du, sagt Gärtner, ich bin müde von diesem Herumlaufen ohne Ziel und Sinn, was machen wir hier überhaupt?

Wir warten auf Vanča, schießt es Frakalfrau durch den Kopf.

Als sie von der Terrasse des Cafés in Krems aus gesehen hatte, wie er durch das Steinerne Tor in Richtung Stadtpark ging, hatte sie den Wunsch verspürt, hinter ihm herzulaufen und ihm zu sagen ... was eigentlich? Sie wusste nicht, was sie ihm hätte sagen sollen, doch dieser Krater, der sich mit Vančas plötzlichem Abgang aufgetan hatte, quälte sie. Damals schrieb sie ihm per E-Mail:

»Wessen Augen betrachten uns aus oxidierten Spiegeln,

dort, wo sich der gefallene Engel erhoben hat?«

Das waren die Krümel, die, so wusste sie, Vanča nach Madrid führen würden, wohin auch sie gehen wollte.

Wir sind im Urlaub, sagt Fraktalfrau, entspann dich und genieß es.

Ich brauch keinen Urlaub mehr. Seit Monaten erhole ich mich, ich brauche etwas *action*.

Wie wäre es, wenn du den Papst erschießen würdest?

Warum gehen wir eigentlich nicht irgendwo anders hin, diese Stadt geht mir auf die Nerven.

Wohin denn zum Beispiel?

Was weiß ich, vielleicht auf eine Insel.

Wir sind doch auf einer Insel.

Fraktalfrau zielt hier nicht auf die notorische geografische Tatsache ab, dass die Kontinente im Grunde Inseln in einem riesigen Ozean sind, der die ganze Erde bedeckt, sondern darauf, dass Spanien, neben Katalonien und dem Baskenland, das einzige europäische Land ist, in dem man alle Denkmäler für die Mörder der Vergangenheit abgerissen hat. Außerdem verwandelt man in Spanien die Gefängnisse nicht in Hotels und in Museen, sondern man reißt sie ebenfalls ab, und an ihrer Stelle werden Parks angelegt. Vierzig Jahre lang waren die Spanier die Geiseln eines Generals, der ein Massenmörder war, und es scheint so, als würde ihnen das für die nächsten zehn Generationen reichen. Die Straßen und Plätze sind jetzt nach Bäumen, Blumen, Dichtern, Musikern, Sängern benannt. In diesem Land werden keine Menschen oder Stiere mehr getötet. In dem Roman *Kaputt* schreibt der italienische Autor Curzio Malaparte, dass Spanien das Land der Sinnlichkeit und der Toten sei. Sie essen, trinken, lieben und lachen, als würden sie leben, schreibt Malaparte, aber eigentlich seien sie tot. Sie gehen tagsüber aus, sitzen in Cafés, beten in den Kirchen, schleppen sich durch das lebende Volk, das lacht, liebt, trinkt und singt.

Es sind viele Jahre vergangen, seitdem der Roman geschrieben wurde, in Spanien gibt es keine Toten mehr, sie konnten den Strom des Lebens nicht ertragen, der sich durch die Straßen der Städte und Dörfer ergoss, als der General starb. Wir gingen damals auf die Straßen, erzählte die Dame, von der sie die Wohnung gemietet hatten, Fraktalfrau, und schauen Sie mal, es sind fünfundvierzig Jahre vergangen, und wir sind immer noch draußen. Das ist eine vollständig neue Erfahrung, und wir können nie genug davon bekommen.

Obwohl es in Spanien die Polizei, das Militär, die Steuerbehörden, das Parlament und Abgaben für Wasser und Strom gibt, obwohl die Parkplätze außer am Sonntag und an Feiertagen bezahlt werden müssen, ist dieses Land eine Insel im Vergleich zu Schweden, Deutschland, den Niederlanden oder zum Beispiel Russland.

In Spanien wollen die Menschen nicht mehr als fünf Stunden arbeiten, die Samstage und Sonntage sind frei, und sobald ein Arbeitgeber sich darüber beschwert, drehen die Spanier durch, ziehen sich in ihre Häuser und Wohnungen zurück – und bleiben erst einmal dort. Geschäfte, Restaurants, Museen, Fabriken, die öffentlichen Verkehrsmittel, die Flughäfen, Hotels – nichts ist geöffnet, nur die hungrigen Touristen irren durch die Straßen, und nach einigen Tagen muss der Arbeitgeber klein beigeben, die Regierung entschuldigt sich bei den Bürgern, und sie kehren an ihre Arbeitsplätze zurück und auf ihre Straßen.

LOCUTORIO LLAMADAS INTERNACIONALES, HOSTAL SARDINERO, CASA SOTO GRABADOR, ALIMENTACION & FRUTERIA, LO OBJETOS DE ARTE, Fraktalfrau und Gärtner erreichen die Plaza de Santa Ana. Der versteinerte Vogel schickt sich noch immer an, aus den Händen des versteinerten Lorcas loszufliegen, aber er schafft es nicht. Was für ein billiger Mist, in ihren Ohren formte sich plötzlich die Erinnerung an Vančas Worte. Warum lassen sie die Vögel und die Menschen nicht endlich in Ruhe.

Vanča beschwerte sich häufig über den Missbrauch lebender Wesen in der Kunst. Nur auf einigen japanischen Zeichnungen und Grafiken, so behauptete er, werden lebendige Lebewesen dargestellt. Ihre Körper verschmelzen darin mit der Umgebung, die Absicht des Künstlers ist nicht, sie zu töten, aus der Welt herauszureißen, mit scharfen Linien abzutrennen, zu präparieren und auf das Papier zu nageln, er weiß, dass sie nur für einen Augenblick hier sind und dass sie schon im nächsten Augenblick weiterziehen werden; diese Zeichnungen stellen den Augenblick und nicht den Vogel, den Menschen oder was auch immer dar. Und dieser Lorca und dieser Vogel sind steif wie ein vertrockneter Baum. Sie sind tot, sie könnten nicht toter sein, als reiche ein toter Lorca auf der Welt nicht aus, die Menschen haben Tausende davon produziert, grässlich.

Gärtner blieb vor dem Fenster der Kneipe Alemana stehen und spähte hinein.

Das hier scheint ein guter Platz zu sein, da sind viele Menschen, lass uns ein Bier trinken.

Hier nicht.

Warum, was stört dich denn hier?

Ernest Hemingway ist hier angeblich am liebsten eingekehrt, und deshalb ist dieses Loch ständig von Touristen belagert.

Wo ist da das Problem? Wir sind doch auch Touristen.

Touristen sind schlimmer als Fliegen. Vanča und ich haben ausgerechnet an dem Tisch gesessen, an dem angeblich Hemingway immer saß …

Du und dein Vanča, unterbrach er sie, wie lange willst du noch von ihm reden?

Fraktalfrau sah ihn starr an.

Wir haben jedenfalls, setzte sie fort, an diesem Tisch gesessen und zu Mittag gegessen, und jeder, aber wirklich jeder, der hereinkam, hat uns fotografiert.

Na und? Sie haben doch nicht auf euch geschossen.

Und was Vanča betrifft, begann sie erneut … und dann schwieg sie.

Sie begann erst wieder zu sprechen, als sie sich auf die Terrasse des Café Central auf der Plaza del Angel gesetzt hatten.

Du bist doch wohl nicht eifersüchtig? Sie sah ihn über den Rand des Bierglases an.

Nicht wirklich, antwortete er. Es nervt mich nur, dass er hinter uns herschnüffelt, und noch mehr nervt mich, dass du ihm Hinweise schickst. Warum tust du das?

Hast du Angst vor ihm?

Nein, was soll er mir schon antun?

Zum Beispiel uns bei der Polizei verpfeifen.

Du liebst ihn immer noch, oder?

Fraktalfrau wurde nachdenklich.

Nein, ich liebe ihn nicht, sagte sie. Ich würde mich nur gerne ordentlich von ihm verabschieden können.

# Siebzehntes Kapitel

*Party auf dem Platz Lavapies – Mörderische Schwalben – Senor Wang – Kleine Fruchtpathologie – Haltung annehmen – »Im Gehen entsteht der Weg«*

Der Platz Lavapies stinkt nicht nach Urin.

Der Lavapies ist eben nicht Versailles, wo die französischen Könige so viel Wasser gelassen haben, dass es heute noch, zweihundertfünfzig Jahre nachdem sie es verlassen haben, nach Ammoniak stinkt. In der Zeit, in der die Könige noch in Versailles Wasser ließen, war Lavapies ein anständiges Viertel von Arbeitern und Stierkämpfern, die nur ausnahmsweise herumurinierten, zumeist während einer Fiesta. So blieb es auch später, als die Stierkämpfer ausstarben und Immigranten aus China, Afrika, Südamerika und aus der Karibik Lavapies besiedelten – das Viertel stinkt nur nach Ammoniak, wenn Churros- und Bierstände auf dem Platz und den benachbarten Straßen aufgebaut werden und die Fiesta beginnt. Nächtelang sind dann alle im Freien und trinken. In einer solchen Situation muss sich der Mensch irgendwo erleichtern, am einfachsten zwischen geparkten Autos oder auf den Bürgersteig, es gibt immer noch zu wenig Chemieklos, oder sie sind an den falschen Stellen aufgestellt, der Uringeruch steigt vom nächtlichen Asphalt auf.

Fraktalfrau und ich hatten ihn in jenem Sommer in der Mietwohnung über dem Café Guridi in der Calle del Ave Maria viele Nächte lang eingeatmet. Wenn wir die Fenster schlossen, erstickten wir vor Hitze, von dem Ventilator an der Decke war kaum Hilfe zu erwarten, durch das offene Fenster drang der Geruch zu uns herein, wir wussten nicht, wie wir ihm entkommen konnten. Bis tief in die Nacht liefen alle von Stand zu Stand und tranken, die Kinder spielten im Sandkasten auf dem Platz. Vor dem Schaufenster des chinesischen Ladens saßen chilenische Immigranten und jaulten irgendwelche Lieder zur Gitarre. Vor dem Eingang zu unserem Haus, das daneben lag, spielten zwei Inder Schach, Schaulustige standen um sie herum, junge Männer aus der Karibik liefen in der Straße auf und ab und bliesen Ganja-Rauchschwaden aus. In den hell erleuchteten Fenstern gegenüber aßen Paare zu Abend, sahen fern, küssten und streichelten sich, aus einem libanesischen Restaurant konnte man jede Nacht Trommeln hören, jede Nacht aufs Neue begleiteten uns diese Geräusche des Menschenschwarms.

In der Morgendämmerung war kurze Zeit alles still, aber dann kamen die Schwalben und Reinigungswagen. Die Müllmänner bespritzten die Bürgersteige mit einem Mittel und spülten es mit einem kräftigen Wasserstrahl fort. Die Mischung aus Urin, dem Reinigungsmittel und dem Wasser floss in die Kanalisation und dann in den Fluss, dort verdampfte sie, bildete Wolken und kehrte in Regentropfen auf die Erde zurück, die die Gerstenfelder und Hopfenplantagen benetzten, aus denen dann wieder Bier produziert wurde.

Ein Perpetuum mobile.

Und was taten die Schwalben währenddessen?

»Zwitt«, »wittewittewitt«, »zrrr« – sie schossen durch den Morgenhimmel, schnappten nach Insekten und fütterten damit ihre Jungen in den Nestern. Der Morgen roch nach Chlor, Phosphaten und Formaldehyd, und die Akazienblätter flatterten im Wind. Nun konnten wir endlich einschlafen.

Dieses Mal riecht jedoch das ganze Lavapies-Viertel nach Akazien, sie stehen in voller Blüte. Im Internet habe ich das Appartement über dem Café Guridi nicht gefunden. Eine Wiederholung gleicht nie der Premiere. Nein, und es wäre grausam, wenn es so wäre. Ich habe eine Wohnung in der Calle del Sombrerete gemietet, die über dem Laden WANG WEI IMPORT EXPORT TAIYUAN MADRID liegt. Ich betone das, weil an der Innenseite des Schaufensters ein Aushang klebte, auf dem nach einer Hilfskraft gesucht wurde. Das Schaufenster ist vollgestopft mit bunten Schals, Tüchern, Fächern und Perlenketten, und in dem Geschäft findet man T-Shirts, Blusen, Hemden, Kleider, Hosen und Röcke zu Preisen zwischen einem und fünf Euro.

Ohne viel zu überlegen, meldete ich mich in dem Laden, nachdem ich meine Tasche in der Wohnung abgestellt hatte. Den Besitzer, einen gedrungenen, glatzköpfigen Chinesen, störte es überhaupt nicht, dass ich weder Spanisch noch Chinesisch sprach. Es schien vielmehr, dass er damit sehr zufrieden war. Wie haben wir uns also verständigt? In Pidgin-Englisch. Diese Sprache wurde genau für solche Situationen erfunden. In Pidgin vereinbarten wir Folgendes: Da der Besitzer zugleich der einzige Angestellte war, sollte ich ihn nach Bedarf im Geschäft ablösen, ein, zwei Stunden am Tag, während er Mittagspause macht oder Ware beschafft, und nebenbei sollte ich den Laden aufräumen. Für den Anfang bot er mir zehn Euro pro Tag an. Ich reichte ihm meine Hand. Die Abmachung passte mir, obwohl der Tageslohn miserabel war. Zu diesem Zeitpunkt war mir das Geld noch nicht wichtig, die Witwe zeigte noch immer Geduld. Doch endlich würde ich morgens mit dem Gefühl aufwachen, dass ich etwas tun werde. Ich würde den Laden und den Bürgersteig davor fegen, das Schaufenster putzen, ich würde die Waren nach Art und Größe sortieren …

Ich würde arbeiten.

Später ging ich einkaufen. Auf der Calle de Argumosa wurden noch immer die Schaufenster ersetzt, die zwei Tage zuvor während der Zusammenstöße zwischen Demonstranten und Polizei zu Bruch gegangen waren. Ich las in einem Internetportal etwas über eine Aktivistengruppe, die forderte, dass die Polizei sofort den Papst als Hauptverantwortlichen für Pädophile und andere Abartigkeiten in der Kirche verhaften solle. Es ist gut, dass ihr so viele seid, riefen sie der Polizei zu, er ist ein ziemlich perverser Typ, und mit euch fühlen wir uns sicher. In einer Botschaft, die sie den Medien an dem Tag vor der Ankunft des Papstes zugespielt hatten, drohten sie, dass sie – sollte der Staat nichts unternehmen – den Papst zu einer legalen Zielscheibe erklären und selbst mit ihm abrechnen würden.

Ich kaufte Kaffee, Golden Yunnan-Teebeutel, ein Glas Waldhonig und Brot. Auf dem Markt kaufte ich Pfirsiche, Orangen, Bananen, einige Pitayas, jeweils ein Körbchen Tamarinde und Physalis, meine kleine private Obstpathologie.

Bei uns zu Hause gab es nie Obst in ausreichenden Mengen. Ich erinnere mich daran, dass es meiner Mutter unangenehm war, wenn wir zusammen in den Supermarkt gingen. Sie schlich mit dem Blick zu Boden gerichtet durch die Obstabteilung. Obwohl ich ein Kind war, verstand ich, worum es ging, und ich quengelte nicht. Heute hole ich all das nach. Vitamine und Mineralien sind mir egal, die Obstfülle verleiht mir Sicherheit, ich fürchte mich weniger vor dem, was kommt, der Morgen erscheint mir vielversprechend. Im Gefängnis fehlte mir das Obst am meisten.

Zum Abendessen aß ich Brot und Honig. Danach halbierte ich mit einem Messer eine Pitaya, die Drachenfrucht. Das weiße Fleisch war durchzogen von schwarzen Kernchen, wie das Negativ einer Aufnahme des nächtlichen Himmels. Es war weich und zart, wie das Fleisch eines frischen Fisches. Beim Essen betrachtete ich die Gardine vor dem französischen Fenster, die sich im sanften Wind bewegte.

In der Nacht träumte ich von einer Straße. Ich gehe diese Straße entlang. Es ist Sommer. Ich habe das Gefühl, dass ich beim Laufen kopfüber hänge. Ein warmer dichter Regen geht nieder. Ich finde keinen Unterschlupf. Eine Bushaltestelle aus Glas ist voll besetzt. Keines der Häuser hat Türen, auch die Geschäfte nicht. Eine durchweichte Twix-Schokoladenverpackung liegt auf dem

Bürgersteig. Ich würde so gerne ins Trockene flüchten. Plötzlich finde ich mich in einem Dornengestrüpp wieder. Ich weiß nicht, wie ich dorthin geraten bin. Ich befreie mich daraus. Dornen stechen in meine Hand, abgebrochene Zweige bleiben an meinen Armen hängen.

Die Schwalben weckten mich. Ich spähte durch das geöffnete Fenster. Der Himmel war klar, wie nach einem Regen. Unter dem Vordach hingen einige Schwalbennester. Man sagt, dass die Schwalben ihre Nester nur an Häusern guter Menschen bauen. Ich machte eine halbe Stunde lang meine Übungen, duschte und kochte mir einen Tee. Bei den Ungenießbaren haben wir immer darauf geachtet, in Form zu sein, Fraktalfrau leitete jeden Tag Yogaübungen, was uns bei unserer Arbeit zugutekam. Im Gefängnis habe ich weiterhin Yogaübungen betrieben und erweiterte sie um Kraftübungen. Das hielt mir in der Regel die Typen vom Leib, die nach dem Motto »Der Stärkere frisst den Schwächeren« ticken. Einige Wochen lang steckte ich Prügel ein und teilte auch aus – dann ließen sie mich endlich in Ruhe. Das nennt man eine Haltung einnehmen. Die Welt hier drinnen gefiel mir genauso wenig wie die Welt draußen, ich wollte nicht zu einem Teil von ihr werden. Ich war nicht hierhergekommen, um Freundschaften und Beziehungen aufzubauen. Ein gewisses Ansehen im Gefängnis sicherte mir, neben der Tatsache, dass ich zu einer Organisation gehörte, die – wie es hieß – »die Arschlöcher umlegt«, der Umstand, dass mein Vater einen Polizisten getötet hatte. So etwas spricht sich im Gefängnis schnell herum. Man erzählte, ich sei der Sohn eines Mannes, der mit einem Faustschlag einen Bullen erledigt habe. Diese und ähnliche Geschichten zogen ihre Kreise durch Zellen aller Gefängnisse. Viele kamen später auf mich zu und klopften mir freundschaftlich auf die Schulter. Sie kannten meinen Vater nicht. Sie wussten nicht, dass er keinen Polizisten, sondern ein sadistisches Ekelpaket getötet hatte, das Menschen daran hinderte, die eigene Familie zu ernähren.

Ich trank Tee und beobachtete die langen Bambusstäbe, die in einem Holzständer auf dem Boden steckten, ein Riesenkamm mit schiefen Zähnen. Wahrscheinlich eine Installation. Eigentlich gefiel sie mir. Man konnte sie betrachten und seine Gedanken dabei abschweifen lassen. Wie wenn man den Wind in den Baumkronen beobachtet oder die Wellen auf dem Meer.

Ich trank den letzten Schluck Tee und schaltete meinen Toshiba-Laptop an. In der Post fand ich einige Spams von indischen und chinesischen Online-Elektronikshops. Sie waren nicht einmal billig, vor allem, wenn man bedenkt, dass sie Müll verkaufen. Unsere Preise waren viel günstiger und die Geräte erstklassig. Hätten wir damals das Geschäft mit den geklauten Kreditkarten und dem Verkauf der Waren ernsthaft betrieben, wären wir heute angesehene Holding-Bürger und könnten uns mit Bauwesen und Immobilien beschäftigen. Niemand würde uns fragen, woher das Geld stammt, das interessiert dort niemanden, vor allem nicht beim Immobilienhandel.

Auch die alte Nachricht von Fraktalfrau war noch da. Wessen Augen betrachten uns aus oxidierten Spiegeln? Die und ihre Kōans! Wir benutzten in unseren E-Mails häufig Rätsel und Kōans, einerseits wegen der Spione im Internet und der Telekommunikationsgesellschaften und andererseits, um ein wenig Gehirnjogging zu betreiben. Und sie dachte sich wirklich heftige Kōans aus. Aber dieser war einfach. Sein Sinn lautete nicht: Komm nach Madrid, sondern: Ich möchte dich sehen. Warum? Was wollte sie von mir? Ich wusch die Tasse und die Teekanne ab und begann, mir unsere Begegnung vorzustellen. Ich konnte mir vorstellen, wie wir in einem Café sitzen oder eine Straße entlanggehen, aber ich konnte mir nicht vorstellen, worüber wir uns unterhalten. Ich hatte ihr nichts zu sagen. Ich hätte sie vielleicht nur fragen können, warum sie nicht alles zum Teufel schickte und nach Hause zurückkehrte.

Sie konnte zurück. Ihre Eltern waren, soweit ich wusste, immer noch am Leben. Beide waren Architekten, hatten ein Büro in Zagreb, innerhalb der Mauer, und sie hatten gute geschäftliche und politische Beziehungen. Allzu gute, würde ich sagen, und das hatte Fraktalfrau ihnen entfremdet und sie zum Schluss endgültig fortgetrieben. Beispielsweise hatte der Milliardär Ilija Tešić sie engagiert, um das Parlamentsgebäude in eine Privatresidenz umzuwandeln. Deswegen war Fraktalfrau tagelang wütend, so wütend, dass sie vorschlug, ihren Alten zu entführen. Ansonsten erzählte sie nicht viel über sie.

Was mich betrifft, für mich gab es kein Zurück. Sie hatten mir die Wohnung genommen, als meine Mutter starb. Wir hatten hohe Schulden wegen der Nebenkosten, ich konnte sie nicht abbezahlen, und deshalb wurde die Wohnung versteigert. Ich trauerte ihr nicht allzu sehr nach. Nach allem, was geschehen war, hätte ich sowieso nicht darin leben können.

Mozilla Thunderbird meldete, dass eine neue E-Mail eingegangen sei. Als Kurier diente Fraktalfrau dieses Mal Antonio Machado:

»Wanderer, deine Spuren
Sind der Weg, sonst nichts;
Wanderer, es gibt keinen Weg,
Weg entsteht im Gehen.
Im Gehen entsteht der Weg,
und schaust du zurück,
siehst du den Pfad, den du
nie mehr betreten kannst.
Wanderer, es gibt keinen Weg,
nur eine Kieselspur im Meer.
Freitag, elf Uhr vormittags.«

Senor Wang stand vor dem Eingang zu seinem Laden. Ich nickte ihm zu und lächelte. Er erwiderte mein Lächeln. War das etwa der Beginn einer großen Freundschaft?

Trabajo?, fragte ich ihn.

Later. Una hora, er hob seinen Zeigefinger in die Luft.

Good. Hasta pronto.

Pidgin.

Ich ging zum Lavapies-Platz und betrat das Café Guridi. Hier hatte sich in den zehn Jahren nichts verändert. Dieselben roten und weißen Fußbodenfliesen, die gusseisernen Stützsäulen, die hohen Stuckdecken, die Holzstühle, die an der Wand aufgestellten und mit rotem Plüsch gepolsterten Bänke, die weißen Steinplatten der Tische, die Fenster mit ihren eingeschliffenen Ornamenten in Form eines Medaillons: Blumensträuße und Ranken. Die hohe lange Theke mit einem Zapfhahn für Bier und einem Regal mit Flaschen. Und die hohen Wände mit oxidierten Spiegeln. Ich würde wetten, dass auch der Kellner noch derselbe war. Obwohl nur einige Tische besetzt waren, brauchte er fünfzehn Minuten, um sich zu mir zu schleppen und mich zu fragen, was ich wolle. Ich bestellte Churros und heiße Schokolade.

# Achtzehntes Kapitel

*Die Hüter der Müllcontainer – Schatten, stärker als der Körper*

Geht arbeiten!, sagte der Polizist.

In derselben Sprache, in der in der Verfassung alles über das Recht auf Arbeit und die Freiheit der Arbeit sowie über den Lohn, mit dem der Arbeiter sich und seiner Familie ein freies und würdevolles Leben sichern kann, sowie über die Schwachen, Bedürftigen, Arbeitslosen und Behinderten, für die der Staat sorgen wird, abgefasst ist und in der auch alle drei Kündigungen an Ivan Vida aufgesetzt waren, in derselben Sprache sagte der Polizist den vier hungrigen Männern, denen das Recht auf Arbeit verwehrt war, sie mögen doch arbeiten gehen, wobei er grinste. Diese vier hatten keine Probleme mit der Freiheit und der Würde. Niemand außer ihnen selbst konnte ihnen beides geben oder nehmen. Das war ihnen völlig klar. Und dass die Freiheit und die Würde in der Verfassung erwähnt wurden, das war bloß das Gelaber der verlogenen und korrupten Idioten, die davon überhaupt keine Ahnung hatten. Der Mensch kann würdevoll sein, auch wenn er hungrig und in Lumpen, mit schmutzigen Fingernägeln und verfetteten Haaren lebt, auch jemand, der lebenslänglich bekommen hat, kann frei sein. Würde hat nichts mit manikürten Fingernägeln, einem sauberen Hemd und einem dicken Bankkonto zu tun.

Geht arbeiten!, sagte der Polizist zu Vida und drei seiner Genossen, die hierhergekommen waren, um Nahrungsmittel aus den Müllcontainern im Hinterhof des Itex-Supermarkts zu klauben.

Hier hindert er Hungrige daran, sich Nahrung zu nehmen, dort schützt er die Gerichtsvollzieher, wieder anderswo schießt er Tränengas auf Demonstranten, all das sind die verschiedenen Gesichter ein und desselben menschlichen Gesetzes. Vida taxierte den Polizisten. Dieser stand leicht breitbeinig mitten auf dem Hof, seiner selbst völlig sicher, sein Schatten fiel auf eine Motorölpfütze und auf eine zertretene Bierdose. Vida schien es, als wäre sein Schatten stärker als sein Körper.

Weißt du, dass es Menschen gibt, deren Schatten stärker sind als ihre Körper, sagte Jokić, während er zusah, wie Vida seine Sachen zusammenpackte, und dass ihr Körper dem Schatten folgt und nicht der Schatten dem Körper?

Was hast du denn geraucht?, erwiderte Vida, ich habe hier noch kein Tollkraut gesehen.

Er stopfte seinen Schlafsack, den Stoffbeutel mit der Gaskartusche und dem Geschirr und schließlich die Plastiktüte mit seiner Kleidung in den Rucksack. Die Tüte mit der Kaffeedose, mit dem Rest der Nudeln und den Fertigsuppen überließ er Jokić. Er überließ ihm auch seine Pistole mit einer Packung Munition.

Das wirst du brauchen können, sagte er, als er ihm die Sachen hinhielt.

Was soll ich damit?

Schieß auf die Wolken.

Nein, das wäre wirklich eine Sünde.

Dann behalt sie für den nächsten Krieg.

Es klingt jetzt blöd, sagte Jokić, aber ich glaube, du wirst mir fehlen.

Fang bloß nicht an zu heulen, sagte Vida. Wo hast du das mit dem Schatten her?

Ach, ich habe mich an eine alte Geschichte aus dieser Gegend erinnert. Hier erschreckt man die Kinder mit Geschichten von Menschen, die von ihren eigenen Schatten beherrscht werden.

Erzählst du deinem Sohn auch solche Geschichten?

Nicht unbedingt, ich will ihn nicht erschrecken. Ich erzähle ihm lieber Geschichten, die ihm Mut machen.

Zum Beispiel?

Was weiß ich. Wenn ich wieder nach unten komme, werde ich ihm eine Geschichte von einem guten Kroaten erzählen, den ich getroffen habe.

Ich bin nicht gut.

Wer hat gesagt, dass das eine Geschichte über dich ist? Vida sah ihn schweigend an, dann schulterte er seinen Rucksack und zog die Riemen an.

Wo kann ich dich finden, wenn ich wiederkomme?, fragte er.

Keine Sorge, du findest mich schon. Was willst du überhaupt in Zagreb?

Meine Frau und mein Sohn sind da, und ich will mir wahrscheinlich eine Arbeit suchen.

Und nun hörte er den Polizisten sagen:

Geht arbeiten!

Das ist genau das, was wir uns wünschen, sagte Vida, aber es gibt keine Arbeit.

Das ist nicht mein Problem. Die Lebensmittel könnt ihr jedenfalls nicht mitnehmen.

Du schützt diesen lausigen Container, und wer schützt unsere Familien und uns?

Der Polizist zuckte mit den Schultern.

Das landet doch sowieso alles auf der Müllhalde, Vida war geduldig.

Dann wühlt halt auf der Müllhalde herum, hier jedenfalls nicht.

Was für ein Mensch bist du eigentlich?

Ich würde ja vielleicht erlauben, dass ihr etwas aus dem Container nehmt, aber das Gesetz erlaubt es nicht.

Die, die das Gesetz gemacht haben, hatten nie Hunger.

Der Schatten des Polizisten befahl dem Polizisten, mit der Hand in ihre Richtung zu winken, als würde er Fliegen vertreiben wollen. Vida trat einen Schritt nach vorne und schlug mit voller Wucht vor seinen Kehlkopf. Der Polizist griff sich an den Hals, fiel zu Boden und zuckte röchelnd, während sein Kollege einen Schritt zurücktrat und die Arme hob.

Mich geht das alles nichts an, sagte er, nehmt mit, was ihr wollt.

Geht weg, sagte Vida zu seinen Genossen und zu dem Polizisten, und sie gehorchten.

Der auf dem Boden hatte sich beruhigt. Vida wusste,

dass er tot war. Er hockte sich neben ihn und nahm die Pistole aus dem Halfter. Dann entsicherte und lud er sie, legte den Lauf an seine Schläfe und schoss.

# Neunzehntes Kapitel

*Der Raum verbindet – Wie erkennt man einen Diktator?*

Der Raum trennt nicht, sondern er verbindet, das wissen alle, die ab und zu mit ihrem eigenen Kopf denken. Würde er nicht verbinden, könnte man nicht die Entfernung zum Badezimmer oder zu einem Geschäft oder zur Bushaltestelle oder zur Kinokasse zurücklegen. Fraktalfrau und Gärtner nutzen diese wundersame Eigenschaft des Raums, und indem sie unter dem Bogen des riesigen römischen Aquädukts entlanggehen, verbinden sie sich mit dem Hauptplatz. Die Schatten der Säulen ziehen sich über den Platz und die Häuserfassaden. Ein Zebra aus Licht und Schatten. Dann verbinden sie sich mit den Treppen zwischen Mauern aus gelben Ziegeln, und dann gehen sie vorbei an einem Haus mit einer Fassade aus steinernen Zacken. Einige Minuten später verbinden sie sich mit dem Innenhof eines Hauses. Das Haus ist hellorange gestrichen, die Mauern des Hofs sind von Kletterpflanzen berankt, eine vernachlässigte Rasenfläche, ein mit Steinen gepflasterter Pfad führt zur Eingangstür.

Und du denkst, dass Vanča hierherkommen wird?, fragt Gärtner und schaut sich um.

Ja, sagt Fraktalfrau.

Warum sind die Käfige dort leer?

Weil keine Vögel drin sind.

Sehr witzig.

Sie gehen in die erste Etage und schauen sich, ohne auch nur einmal stehen zu bleiben, die Räume an.

Was ist das überhaupt für ein Museum?, erkundigt sich Gärtner.

Hier hat einmal ein Dichter gelebt.

Man kann nicht sagen, dass das Geschäft hier brummt.

Fraktalfrau zuckt mit den Schultern.

Und wenn Vanča kommt, was machen wir dann?, setzt Gärtner fort. Zu dritt knutschen?

Wir werden uns einfach von ihm verabschieden und wieder gehen.

Und wenn er nicht kommt?

Sei still!

Sie gehen zurück in den Hof und setzen sich auf eine Steinbank, die an einer Mauer steht. Die nächste halbe Stunde sitzen sie schweigend da, doch Vanča taucht nicht auf. Nur einige Touristen in mittleren Jahren gehen vorbei. Sie gehen ins Haus und verlassen es schnell wieder. Dort wird nichts verkauft. Man kann dort nichts anschauen außer alte Möbel, Vitrinen, Regale mit Büchern, einen Plattenspieler und einige andere Gegenstände, die einst einem längst verstorbenen Dichter gehörten.

Wie lange wollen wir warten?, fragt Gärtner und steht auf.

Ich ärgere mich, dass ich mir eingebildet habe, er könnte kommen, lass uns gehen, sie steht auf und geht zum Ausgang.

Wohin wollen wir jetzt?

Wir finden schon etwas.

Weißt du, was mich nach all dem am meisten quält?, sagt er niedergedrückt und bleibt kurz am Tor zum Hof stehen. Dass wir keine Chance hatten zu siegen.

Natürlich hatten wir keine, aber darum geht es nicht.

Worum geht es dann?

Aus der Broschüre »KAPITALISMUS DER PREDATOREN FÜR AUSSERIRDISCHE«, HERAUSGEGEBEN VON DER GRUPPE FÜR DIREKTE AKTION »DIE UNGENIESSBAREN« (KAPITEL »WIE ERKENNT MAN EINEN DIKTATOR?«)

Er trägt KEINE Militäruniform, keine Dienstmütze, kein Barett, keinen kleinen oder großen Schnauzbart.

Er tötet KEINE politischen Gegner, keine Dichter, keine Philosophen, keine Wesen aus fremden Galaxien.

Angehörige anderer Rassen, Religionen und Völker TÖTET er NICHT deshalb, weil sie Angehörige anderer Rassen, Religionen und Völker sind, sondern weil sie seinen Geschäften im Weg stehen.

MEIST stolziert er NICHT durch die Öffentlichkeit.

ER TÖTET Journalisten, Menschenrechts- und Umweltaktivisten.

ER SPIONIERT die Bewohner der Erde mit Hilfe von Kameras, dem Internet und Mobiltelefonen AUS.

Er betreibt mit den Bewohnern der Erde aller Altersstufen, aller Rassen, Religionen und Völker GEHIRNWÄSCHE, und zwar durch elektronische und Printmedien, durch das Internet, durch Riesenplakate und Lautsprecher auf den Straßen, Plätzen, Flughäfen, an Haltestellen des öffentlichen Nahverkehrs sowie in Einkaufszentren.

ER PFLANZT IN IHR GEHIRN die Vorstellung, dass sie das sind, was sie anziehen, was sie fahren, wo sie wohnen, was sie hören, womit sie telefonieren …

(…)

Sie gedeihen auf unserer Abhängigkeit von den Dingen, sagt Fraktalfrau. Sie ernähren sich von unserem Hunger, wir verleihen ihnen Macht. Macht ist schrecklich, jede weitere Dosis Macht muss größer sein als die vorherige. Nur so empfinden sie sich als lebendig. Sie werden fallen, wenn wir aufhören, diesen ganzen Quatsch zu kaufen, den sie produzieren und verkaufen. Vielleicht ist der Weg der Dunklen Kapuzen wirklich der einzig mögliche Weg.

Aber vielleicht könnten wir, sagt Gärtner, einen Ort finden, an dem es keine von diesen Zecken gibt.

Stell dich nicht blöd, so einen Ort gibt es nicht.

Wie sollen wir das wissen, wenn wir nicht danach suchen.

# Zwanzigstes Kapitel

*Gedichtverkäufer – Der Bruch mit der Witwe – Der Teekessel von Antonio Machado – Gärtners Gesicht – Abschied*

Ich werde in Madrid bleiben. Obwohl ihre Skulpturen hässlich sind, wird hier noch immer die Poesie geschätzt, und sie töten keine Dichter, und die Stadt ist voller Schwalben.

Es gibt einen Alten hier, jeden Tag kommt er auf den Markt auf der Calle de Santa Isabel und breitet eine Bastmatte auf dem Bürgersteig aus, auf die er Bücher und CDs mit Zarzuelas, spanischen Operetten, reiht. Unter den Büchern befindet sich auch eine englische Übersetzung ausgewählter Gedichte von Machado, »The Road Is Made By Walking«, jenes Buch, das Fraktalfrau immer in ihrem Rucksack mitschleppte, als wir uns kennenlernten. Aus unerfindlichen Gründen verlangt der Alte ausgerechnet für dieses Buch schwindelerregende fünfzig Euro, während der Preis der anderen Bücher ganz anständig ist, je drei bis vier Euro. Ich wünsche mir dieses Buch, aber nicht so sehr, dass ich bereit wäre, fünf Tageslöhne springen zu lassen. Ich habe versucht zu handeln, aber der Alte wollte nichts davon hören.

Mehr noch, als ich am nächsten Tag zu ihm kam, stopfte er das Buch in eine Ledertasche und sagte, dass dieses Buch für mich nicht zu haben sei.

Meinen Sie nicht, dass der Preis zu hoch ist?

Poesie kann nicht in Zahlen und in Geld bemessen werden, antwortete er. Wer sich mit Zahlen beschäftigen möchte und handeln will, soll etwas anderes lesen.

Ich erzählte Wang davon und fragte ihn, was er davon halte, aber er lachte nur und winkte ab. Wang und ich unterhalten uns häufig. Pidgin-Englisch eignet sich eigentlich nicht für lange, inhaltsvolle Gespräche, und deshalb schaltet er schnell auf Chinesisch und ich auf Kroatisch um. Dann werden die Gespräche angenehm, interessant und dauern lange. Ich verstehe kein Wort, das er sagt, auch er versteht nichts von dem, was ich sage, und alles ist in bester Ordnung. Es gibt keine Probleme und Missverständnisse. Romain Gary, ein französische Autor, der ebenfalls in der Holding verboten ist, behauptet, dass Menschen und Völker sich nicht deshalb gegenseitig die Köpfe einschlagen, weil sie sich nicht verstünden, sondern gerade deshalb, weil sie sich sehr wohl verstünden. Was Wang und mich betrifft, werden wir bis zu unserem Tod in Frieden und Eintracht leben, wenn wir unseren Chinesisch-Kroatischen Dialog fortsetzen.

Ich werde noch eine Zeit lang in Madrid bleiben.

Ich habe gestern die Witwe per E-Mail benachrichtigt, dass unsere Vereinbarung nicht mehr gültig ist. Früher oder später hätte sie sie selbst aufgekündigt. Ihr Hass kann nicht ewig lodern. Irgendwann einmal wird sie sich mit sich selbst und der Welt aussöhnen müssen.

Ich kann nicht behaupten, dass sie nicht großzügig war, aber ich war auch nicht so unergiebig wie meine Vorgänger, ich habe genug Geld für fünf, sechs Monate ruhigen Lebens auf meinem Konto. Später wird mir schon etwas einfallen. Vielleicht erhöht Wang mein Gehalt, vielleicht könnten wir Partner werden, wer weiß.

Ich genieße meine Arbeit. Ich ordne die Waren in die Regale, ich fege den Bürgersteig, ich putze das Schaufenster, unterhalte mich mit Kunden, ich trinke in der Dämmerung eines weiteren Tages Tee mit Wang. Ich bin zufrieden. Gestern hat mich Wang sogar zum Mittagessen eingeladen, arroz basmati especial de la India, das billigste, was man in dem kleinen Restaurant gegenüber bekommen kann, aber immerhin.

Am Freitag habe ich frei genommen und bin nach Segovia gefahren. Ich war früher im Museum von Antonio Machado, als es vereinbart war. Ich ging durch die Räume und versuchte, die Anwesenheit des einstigen Bewohners zu erspüren. Vergeblich. Das Bett im Schlafzimmer ist gemacht, in der Garderobe hängt keine Kleidung, auf der Kommode eine leere Schachtel aus Bast. Auf der Kredenz im Esszimmer eine Obstschale aus Keramik, eine Flasche und kleine Gläser, in der Küche steht ein eiserner Teekessel auf dem Herd, der in weiße Kacheln eingefasst ist. Bücher in Vitrinen, Bilder und Fotografien an den Wänden, ein Waschtisch aus Metall mit einer Emaille-Schüssel, einem Eimer und einem Wasserkrug in der Ecke, ein Plattenspieler, Schallplatten. Alles in allem ein weiteres versteinertes Denkmal und nichts anderes.

Dann stellte ich mich neben das Fenster und wartete. Sie kamen pünktlich. Ich beobachtete sie, wie sie auf dem gepflasterten Pfad auf das Haus zukamen. Gärtner hätte ich ohne Fraktalfrau kaum erkannt. Er hat ein derart gewöhnliches Gesicht, dass man es vergisst, sobald er außer Sichtweite ist. Ein Gesicht ohne Besonderheiten, an denen man sich festhalten kann. Ich brauchte immer einige Augenblicke, um ihn zu erkennen, wenn ich ihn früher zufällig auf der Straße traf. Ein Gesicht, das perfekt ist für einen Kriminellen oder einen Spion. Was findet sie nur an ihm, fragte ich mich, während ich sie beobachtete. Egal, was es ist, es ist nicht mehr mein Problem, falls es das je war.

Fraktalfrau blickte einen Moment lang zum Fenster, an dem ich stand, doch sie konnte nur die Spiegelungen der Dächer und des Himmels sehen, aber nicht mich. Später hörte ich sie die Holzstufen heraufkommen, und dann stieg ich über die Kordel, die den Eingang zum Arbeitszimmer versperrte, und versteckte mich hinter der Tür. Sie würden nicht ins Arbeitszimmer kommen, es ging ja nicht um eine Entführung, die eine solche Maßnahme hätte erforderlich machen können, sondern es ging um eine Begegnung unter Freunden, nicht wahr? Sie liefen schnell durch die Räume, ich hörte, wie sie sich unterhielten. Dann gingen sie durch die Tür, hinter der ich mich versteckte, ich hätte sie berühren können, wäre ich einen Schritt vorgetreten und hätte meinen Arm ausgestreckt. Was empfand ich, als ich sie hörte? Nichts. Der Gedanken an den toten Machado bewegte mich mehr als ihre Anwesenheit. Wenn du die Toten spürst, dann leben sie. Wenn du die Lebenden nicht spürst, dann sind sie tot. Warum wollte sie nur, dass wir uns treffen? Selbst wenn wir einander zufällig etwas zu sagen gehabt hätten, wir hätten es per E-Mail, Handy oder voice mail tun können. All das ist erfunden worden, um Informationen auszutauschen. Wir beide hatten nichts anderes auszutauschen außer bloße Informationen. Das war vorbei.

Nach ihnen gingen einige ältere Touristen durch die Räume, ohne sich länger aufzuhalten. Die Museumsangestellte kam auf die erste Etage, sie war beunruhigt.

Ist alles in Ordnung?, fragte sie.

Ich stand wieder neben dem Fenster und blickte auf den Hof.

Ich bin kein Dieb, ich fühle mich nur wohl hier, sagte ich. Darf man sich hier nur eine begrenzte Zeit lang aufhalten?

Natürlich nicht, lachte sie, doch nur die Wenigsten bleiben so lange, die meisten laufen nur einmal durch.

Dann sah ich sie wieder. Sie unterhielten sich und liefen den gepflasterten Pfad entlang und blieben im Eingang zum Hof stehen. Gärtners Gesicht wirkte traurig auf mich, oder schien es mir nur so? Dann gingen sie durch das Tor und verschwanden auf der Straße.

Ich starrte auf die Stelle, an der sie gerade noch gestanden hatten. Nur darum geht es schließlich. Um Abschiede. Nur der, der hier am Anfang war, wird auch am Ende noch da sein. Wir anderen passieren nur das, was wir mit verschiedenen Namen belegen, ohne zu wissen, was es ist. Wir haben uns Namen für alle Wesen, Dinge und Erscheinungen ausgedacht, wir klammern uns an Worte wie an Strohhalme, aber wir verstehen gar nichts, der

Alte damals wusste schon, wovon er sprach. Wir haben uns eingebildet, dass wir wichtig sind, dass wir entscheiden, bauen, schaffen, tun, anhäufen, verändern, haben, wissen, denken, besitzen, aber eigentlich passieren wir nur.

Manchmal halten wir inne, tun etwas, sagen etwas – und dann gehen wir durch ein Tor, verschwinden.

# Inhalt

9 Erstes Kapitel

11 Zweites Kapitel
*Der Mann mit dem Pflaster über dem Mund – Namen und T-Shirts – Jäger in der Taiga, der König vom Orion – Die Ungenießbaren töten wieder – Kieselsteine im See – Menschen sind kein Wasser*

21 Drittes Kapitel
*Ein Lager unter einem Feldahorn – Statisten – Eine Blume, die aus dem Stein wächst – Fische, die im Wasser ertrinken – Die Täler und Berge sind immer da – Die Schlange – Nikola Jokić – Im Berg bist du nie allein*

31 Viertes Kapitel
*Ein Traum – Pension »Zu den drei Raben« – Die Unendlichkeit liegt gleich um die Ecke – Läuft die Hummel auf Josip herum oder Josip auf der Hummel? – Teehaus Hanshan – Der Vertrag mit der Witwe – Mord durch Verdursten*

43 Fünftes Kapitel
*Milinović im Schuppen – Münzsuppe, Kreditkartengrillteller – Wie hoch ist der Wert des Wertes von zwanzig Euro? – Dort, wo die Symmetrie nicht wirkt*

53 Sechstes Kapitel
*Jokićs Hütte – HUKEIVERBREs – Die Schale der Drachenfrucht – Die Holding – Die Zone – Der Mann, der keine Angst vor dem Aufgehen des Mondes hat*

61 Siebtes Kapitel
*Gärtners E-Mail – Wer hat dem Löwenherz einen bösen Streich gespielt? – Massenmörder sind in Mode – Der Alte – Damenunterwäsche und das Geräusch eines vereisten Baches*

73 Achtes Kapitel
*Binde die Wolke – Dunkle Kapuzen – Der Schwachsinnige und die Macht – Die Verfassung und Vidas drei Kündigungen*

85 Neuntes Kapitel
*Vida und Jokić unterhalten sich über den Krieg – Die Stadt der Massakrierten – Einzelzellen aus menschlicher Haut*

93 Zehntes Kapitel
*Das Urteil über Fraktalfrau – Der Säufer Everett – Gärtner irrt sich – Der Kirchenindex, die Strategie zur Tötung von Gehirnwindungen – Was gut*

*verkauft wird, ist gesund – Kurze Geschichte der Ungenießbaren – Die Mauer*

103 Elftes Kapitel
*Die Neunte in der Steppe, eine Dame im Herkules-saal – Diktatoren und Dichter – Auf dem Damm – Armut*

113 Zwölftes Kapitel
*Vidas Traum – Gespräch über Giftschlangen – Eine Herde von Skeletten – Die Wahrheit vernichtet nicht die Lüge*

123 Dreizehntes Kapitel
*Wer hat den Wind gebrochen – Der Grillimbiss Zur traurigen Träne – Der falsche Jahrestag – Durst – Die Mauer ist nicht wirklich eine so genia-le Idee*

131 Vierzehntes Kapitel
*Nebensächliche Ladungen – Radikale Elemente – Unser Körper trabt hinter uns her – Der Gerichtsprozess – Auf der Suche nach der Vegetation*

139 Fünfzehntes Kapitel
*Ein Gefäß, gefüllt mit flüssigem Licht – Was hören wir, wenn es keine Geräusche gibt? – Der Bosnier – Ans Leben geheftet – Eine Journalistin aus der Rubrik Klatsch und Tratsch – »Als könnten Sie den Regen daran hindern zu fallen«*

147 Sechzehntes Kapitel
*Der Brunnen des gefallenen Engels – Keinen Cent mehr für die Kirche! – Solange die Kreditkarte funktioniert, ist alles in Ordnung – Die Insel – Der Tisch von Ernest Hemingway*

161 Siebzehntes Kapitel
*Party auf dem Platz Lavapies – Mörderische Schwalben – Senor Wang – Kleine Fruchtpathologie – Haltung annehmen – »Im Gehen entsteht der Weg«*

171 Achtzehntes Kapitel
*Die Hüter der Müllcontainer – Schatten, stärker als der Körper*

177 Neunzehntes Kapitel
*Der Raum verbindet – Wie erkennt man einen Diktator?*

181 Zwanzigstes Kapitel
*Gedichtverkäufer – Der Bruch mit der Witwe – Der Teekessel von Antonio Machado – Gärtners Gesicht – Abschied*